劇場版アニメ　ぼくらの7日間戦争

宗田 理＝原作
伊豆平成＝著

目次

主な登場人物

鈴原《すずはら》 守《まもる》……… 歴史や戦史が好きな高校二年生。

千《ち》代《よ》野《の》綾《あや》……… 守の幼なじみで、クラスメイト。

山咲《やまさき》香《か》織《おり》……… 綾の親友。陸上部の短距離選手。

緒《お》形《がた》壮《そう》馬《ま》……… 守のクラスでは中心的な存在。チャラい。

阿《あ》久《く》津《つ》紗《さ》希《き》…… クラスメイト。ノリがいい今どきの女子高生。

本庄《ほんじよう》 博《ひろ》人《と》……… クラスメイト。紗希とは幼なじみで成績優秀。

マレット……… 両親とはぐれてしまったタイ人の子ども。

千《ち》代《よ》野《の》秀《ひで》雄《お》…… 綾の父親。市議会議員。

本《ほん》多《だ》……………… 千代野秀雄議員の秘書。

山咲《やまさき》……………… 香織の父親。山咲建設の社長。

玉《たま》すだれ……… 歴史チャットでの守の知り合い。

プロローグ

朝も早い時間——。
鈴原守《すずはらまもる》は、クレジットカードを握りしめて小さな駅の窓口にいた。
客は守一人だけで、他には誰もいない。
夏休み初日の始発前に、この駅にくる人なんているわけがないのだ。
駅員は、あくび混じりにもたもたと発券パネルを操作していた。
時間がやけに長く感じられる。
自分の心臓がバクバク鳴っているのがわかる……。
だめだ！　落ち着けって！
守は心の中で自分に言い聞かせた。

これは詐欺じゃないし、もちろん窃盗なんかでもない……。

そう、言わばこれは『欺瞞《ぎまん》作戦』だ。千代野《ちよの》さんを助けるための……！

大きな戦略に必要な、小さな布石のひとつなんだ。

ええっと、戦史上の有名な作戦でたとえるならこれは、そうだな……。

守が最近読んだ欧州戦史の本のページを頭の中で検索しはじめたとき、年配の駅員がようやく顔を上げ、のんびりした口調で言った。

「十時五分の札幌《さっぽろ》行き、特急スーパーりゅうひょうの特急券、お一人様です」

「あっ、はい！　どうもです」

「お支払いは現金で？」

「いえっ、あの、カードでっ……」

どきどきしながら、守はクレジットカードを差し出した。

駅員は守のそわそわした態度は気にもとめず、当たり前のようにカードを読み取り機にかけると、チケットと一緒に返してよこした。あまりにあっさりと……。

「ありがとうございます」

守はうつむき加減で言うと、まとめてズボンのポケットにねじこんだ。

クレジットカードで支払うのは、これが初めてだ。高校二年生だから自分のカードは持っていないし、両親のクレジットカードだって借りたこともない。

初めてが、他人のカードを無断で使うことになるとは思ってもみなかった。

これでもう後戻りはできない。

ホームへは向かわず足早に駅舎を出ると、守はホッと小さく息を吐いた。

コンビニどころか人家さえまばらな田舎の駅前は、山すそから流れてきた朝靄《あさもや》に包まれていた。

夏休み初日とはいえ、早朝の空気はひんやりとしている。

さあ急がないと！　そろそろ千代野さんも家を出るころだし……。

守はグッと背筋を伸ばすと、山にむかって歩きだした。

いよいよ、本当に作戦開始なのだ――。


とんでもない夏休みが幕を開けようとしていた。

戦争前

開戦一週間前

〈誰も、僕には興味がない――〉
その日も、いつも通り朝の教室はにぎやかだった。
田舎町の公立高校。二十名くらいのクラスだから、うるさすぎるほどではない。
夏休みのレジャーの予定――。
部活動の大会への意気込み――。
そして、「誰が誰に」とか「告《こく》った告られた」といった恋バナ――。
それぞれのグループが、それぞれの話題に花を咲かせていた。
「あと一週間で夏休み」という、だけの日。
守にとって、世界はいつもと変わりなかった。いつものようにクラスメートから話しかけられることもないまま、自分の席で本を読みふけっている。

教室にいながら、守の心は一八七〇年のパリの空を漂っていた。

おしゃべりにつきあうよりは、このほうがずっと心地いい。

歴史上の重要な局面で、誰がどんな判断をし、世界がどう動いていったのか？　その瞬間を想像するだけでワクワクして、自然と頰がゆるんでしまう。歴史や戦史の書物に夢中になっているときは、いつもそうだ。

一五〇年前のフランスの空までは、クラスメートの声は届かない……。

だから守は、紗希《さき》が「告られてキモかったからSNSに晒《さら》してやった」という友だちの話に心底びっくりしているのも知らなかったし、参考書を片手に眉間《みけん》にしわを寄せた博人《ひろと》が、脇をバタバタと通り過ぎた壮馬《そうま》にイラついたのも知らなかった。

「バーッカ、おまえどこ投げてんだっつの！」

長身の壮馬が大声でそう言って、バスケットボールを投げたのもだ。

パスを受けた友人が「うっら！」と乱暴に投げ返し、重たいバスケットボールが、びゅんと斜めに教室を過《よ》ぎる。

「てめーゼッテーワザトだろ！」

声と同時にボールに飛びついた壮馬の大きな背中が、ドンとぶつかって、守の細身の身体を椅子からはじき飛ばして――。

パリの空に舞い上がっていた守は、気がつくと教室の床へとダイブしていた。

肩と腰を打ちつけ、読んでいた『近代西欧戦史』はページを開いて床に落ちて、ついでに消しゴムまでトンッと勢いよく跳ねて、あらぬ方向へと転がっていく。

「ゲッ、わりい、いたのか――」と壮馬。

「平気です」

守は身体を起こした。

見ると、壮馬がすまなそうな顔をしてしゃがみこんでいる。

緒形《おがた》壮馬は、守とちがってクラスでは「イケてる」ほうの男子だ。よくは知らないが、たぶんイヤなやつではない。女子にモテて調子が良くて、明るくて友だちもたくさんいて、勉強はいまいちだけど運動は得意な遊び人で……。

要するに壮馬は、守とはほとんど関わりのないクラスメートだ。

床に伏せられた『近代西欧戦史』に気づいて、壮馬が言った。

「ん？　本、読んでたのか？」

え……？　僕に興味が⁉　守は、ハッと顔を上げた。

「そ、そう！　普仏《ふふつ》戦争です！」

ええっと、なにから話す？　やっぱり、語るべきは最大の見せ場だ……。

「たった今、ナポレオン三世の敗戦後、パリが包囲されたところで、内務大臣のガンベタが一計を案じ……て……」

夢中になって話し始めると、聞いていた壮馬の顔が強張《こわば》っていくのがわかった。

守の中で気球のように膨らんでいた期待が、すうっとしぼんでいく。

「興味……ないですよね……」

「ワリ……ねえわ、全然」

ボールを手にした壮馬は、すっと立ち上がって踵《きびす》を返した。

だよね……と、軽くため息をついた守は、飛んでいった消しゴムを捜した。

あれはミュージアムショップで買った大事なやつだから……。

「……あ」

教室の入口にまで転がっているのを見つけて、守は駆けよった。

拾おうとしゃがんだところで、反対側から伸びた手に気づいて、ハッと息をのむ。

白くてほっそりした女の子らしい手――。

見まちがうはずもない。幼稚園の頃から知っている、大好きな人の手だ。

「千代野さん……!?」

僕の消しゴムを千代野さんが拾ってくれた……？

驚いて顔を上げると、しゃがんでいた千代野綾《あや》と目が合う。

長い髪をゆらして、綾がにっこりとほほ笑んだ。

「おはよう」

「おおおは、おはよう！」

守はピンと背筋を伸ばし、甲高い声で答えた。

綾の前だとこんな感じになってしまうのは、いつからだろう……。

「これ、守くんのでしょ？」

「あ、ありがと」

「……これって、盾？」

消しゴムを手にしたまま、綾が何の気なしに聞いてきた。カバーに盾の形のデザインが印刷されていたからだ。

「紋章です。セバスティアン・ル・プレストル・ド・ヴォーバン――」

守が舌を嚙《か》みそうな名前をすらすらと口にすると、綾はきょとんとしたが、それでも話を聞いてくれている。

どぎまぎして目線をそらしながらも、守は夢中で話し続けた。

綾に説明できるのが嬉《うれ》しくて、どんどんと早口になってしまう。

「ルイ十四世に仕えた軍人で、百五十の要塞《ようさい》を造って、五十三の要塞攻撃の指揮をとったと……」

だが、「落とせぬ城はない」と言われた偉人の話は唐突にさえぎられてしまった。

「綾ー！　見つけたーっ!!」

ダダダダッと近づいてくる足音とともに、大きな声が廊下に響く。

「香織《かおり》……」

ふり向いた綾が立ち上がったところへ、スポーティーなショートカットの女子が、百メートル十二秒フラットの勢いで飛びこんできた。

陸上部の練習からそのまま走ってきたらしい。山咲《やまさき》香織は、すらりとした長い手足やスリムな胴回りが露《あら》わになったセパレートタイプのユニフォーム姿だった。

「よかったあ――っ!!」

声を上げた香織が綾に飛びつくと、ハグした勢いで二人はその場でフィギュアスケートみたいにくるりとスピンする。

「どうしたの？」と綾。

「だってあんた、こんなギリギリに来ることなかったじゃない！　事故にでもあったのかと思って！」

香織は心配のあまり咎《とが》めるような口調で言うと、綾の両肩をつかむ。

どうやら、本気で親友の無事を確認しているようだ。

「バカね……」と綾が笑った。

「笑うことないじゃん！」

「ごめん、でもおかしくて……」

活発な香織と清楚《せいそ》なお嬢様の綾——中学時代から仲の良い二人は、ごく自然に、いつものおしゃべりモードに入っていた。

「あ……け、消しゴム……」

二人のハグを呆然《ぼうぜん》と見ていた守がようやく話しかけたときには、綾の耳にはもう彼の声は届いていなかった。

「おい山咲～、おまえなにその格好」

「見るな男子！　朝練だったの！」

廊下にいる男子たちに肌も露わなユニフォーム姿をからかわれた香織が、彼らとやいやいと言い合いを始め……。

「おはよー」

「綾ちん、昨日ありがとー」

と、綾の周りにも他の女子が集まってきて……。

そう、香織も綾もクラスの人気者、「イケてる」ほうのクラスメートなのだ。

取り残された守は話の輪から外れたのに気づいて、こっそり立ち上がった。

やっぱり、今日もいつもと変わりない……。

* * *

〈誰も、僕には興味がない――〉

薄暗い自分の部屋で、守はバタンとベッドに倒れこんだ。

もうじき夕食の時間だ。それでも、夏の北海道ではまだ日は沈まない。

あおむけでスマホを手にすると、青白い光が守の冴《さ》えない表情を照らした。

自分に興味を持ってくれる話し相手なんて、ネットの『日本史・世界史　友の会』コミュニティーのチャットにしかいない。

歴史について熱く語り合える仲間たち……。

ただ、ここに集まっている歴史好きは、守を除くとあとはお年寄りばかりだから、「友だち」呼ばわりは失礼かもしれないけど……。

【一色《いっしき》：昨日の戦史TV見たかの？】

【漠無芭愚《ばくむばぐ》：孫がテレビ見せてくれんかった】

【漠無芭愚：無念じゃ…】

【涅槃《ねはん》：盛り上がる話題はないもんかのう】

元気のない常連のお爺《じい》さんたちのやりとりを見ながら、守は会話に加わった。

【今日、チヨノさんと少しだけ話せたよ】

ピロン！　電子音がして、すぐにレスがついた。

【玉《たま》すだれ：好きなんでしょ？　告白したら？】

常連の一人、歴史好きのお婆さんの玉すだれさんだ。守とは一番話が合うお年寄りで、千代野さんとのことも、つい詳しく打ち明けてしまった。きっと、孫をけしかけているような気分なのだろう。

「簡単に言わないでよ……」

ぶつぶつ言いながら、守は指を走らせる。

『永遠の足踏み状態』にだって、それなりに理由はあるのだ。

【告白して失敗したら友達でもいられない…】

そうだろ？　だって、千代野さんは……。

ピロン！

【一色：いつから懸想《けそう》してたんじゃ？】

【玉すだれ：6歳のとき】

あっ！　もう、玉すだれさんたら余計なこと言って……！

【漠無芭愚：そんな前から!?】

【涅槃：笑止！】

【一色：一生告白出来んパターンじゃ！】

ピ・ピ・ピロロン！　と、爺さんたちのメッセージが押し寄せる。

「うあっ!?　ちょっ……若者の悩みで遊ばないでよ……」

困っていると、さらにピロンと更新を告げる音が響いた。

「？」

【玉すだれ：若いんだから思い切ってみたら？】

だからさぁ、若いってだけでそんな簡単には……。

ピロン！

【玉すだれ：青春時代は人生の解放区よ】

『解放区』かぁ……。もしそんなとこがあったら、告白できるかもな……。

そんなことを思いながら、守はスマホのアルバムを開くと、五月の文化祭の画像をタッチした。

ミスコンの表彰式——。記念撮影のような遠景だったが、優勝した綾をアルバムに収めたくて撮ったものだ。

守は真ん中に写っている彼女をタッチし、画像をさらに拡大した。

画質は粗くなったが、六歳からの『憧《あこが》れの君』だ。脳が勝手に自動補正する。

ああ！　千代野さん……！

もしここが『解放区』なら、僕だって……僕だって……！

そう！　チャンスはある！　今年こそ千代野さんの誕生日に言ってみせる！

守はガバッと身体を起こすと、スマホの中の綾に向かって叫んだ。

「千代野綾さん！　ずっと前から好きでした！」

勢いよく部屋のドアが開いたのは、そのときだった。

「お兄ちゃん！」

アイスを片手に顔を出したのは、妹の凛《りん》だ。

「うわあああああっ！」

今の聞かれた？　聞かれたのかっ⁉　守はベッドから飛び降り、スマホを後ろに隠して、小学五年生のくせにしっかりものの妹をにらみつける。

「ノックしろよ！」

「お隣の千代野さん――」

「なに？」

千代野と聞いて守がグッと身を乗り出すと、凛は引き気味にあとを続けた。

「――引っ越すって」

「そんなっ⁉」

聞いてないぞ！　千代野さん、今朝話したときだって、なんにも……。

ゴミ箱をひっくり返して部屋を縦断し、守はベランダへと走った。

ガラガラッと二重ガラスの戸を開け放つと、二階ベランダの手すりをつかんで隣家をのぞきこむ。

道路をはさんでお向かいの千代野家は、鈴原家の『住宅』に比べると、敷地も庭もずっと広く、立派な『邸宅』だ。

全面ガラス張りのサンルームの向こう、レースのカーテン越しに見える広々としたリビングで、綾がグランドピアノを弾いているのが見えた。丸まった背中が、どこか寂しげなのは気のせいだろうか。

「引っ越すって、いつ？」

「夏休みの初日」

アイスをなめながら、凜が答える。

「来週じゃないか！　なんで……？」

「大人の都合だって」

「おまえ、意味わかって言ってんのか!?」

「議員の先生がやることは、大人の都合に決まってるって」

凜がわかったようなことを言う。

たしかに綾の父・千代野秀雄《ひでお》は、何期も当選している市議会議員で、町の有力者だった。毎朝、秘書を従え黒塗りの高級車で出ていく。

リビングを出ていく綾を食い入るように見つめていた守は、今にも泣きだしそうな顔になった。

「そりゃあ、千代野議員が決めたんだろうけど……でもっ！」

引っ越しなんて！　突然すぎるよ！

隣同士だからこそ、いつか想いを伝えられる、それまでは幼《おさな》なじみの友だちでいられる——そう思っていたのに！　ほんとに、ど~したらいいんだ！

あまりのショックに、守は立ち直れそうになかった。

母と凜と三人での夕食の席でも、モグモグしながらくよくよと考え続け……。

当番の皿洗いをしているところへ父が帰ってきたときも、まだ悩み続けて……。

さらには入浴中でさえ……。

まだ、千代野さんに何も言えてないし！　再来週には誕生日なのに！

仰向《あおむ》けでブクブクと湯船に沈んでいきながら、守の心の叫びは止まらない。

「それに……」

風呂《ふろ》から上がった守は、机の引きだしから小箱を取り出した。

「買っちゃったよ……プレゼント……」

誕生日にこれを渡して、勇気を出して告白しようと思っていたのに！

開戦六日前

「いってきま～す！」

ランドセルをゆらして、凜が元気にかけていく。

あと少しで夏休み、そのうえ良く晴れて気持ちのいい朝だ。誰だってワクワクして、自然と足取りも軽くなりそうだが……。

「いってきます……」

妹のあとから出てきた守は、重い足取りで歩き出した。

千代野さんの誕生日は二週間後なのに、そのときにはもう彼女はいない。

最悪だ。夏休みのワクワクした気分なんて、微塵《みじん》もない。

「口ごたえをするなっ！」

守が駅のほうへと曲がったとき、背後から怒鳴り声が聞こえた。

千代野秀雄の声だ。議員は癇癪《かんしゃく》持ちらしく、秘書を怒鳴りつける姿をよく見かけるのでそう珍しいことではない。

ただ、何気なくふりかえった守は、怒鳴られているのが綾だと知って驚いた。

車の後部座席の窓から手をのばした秀雄が嫌がる娘の手をつかみ、怒鳴りつけていたのだ。

窓から見え隠れする秀雄は、ビシッと決めたオールバックの髪型と険しい顔つきが選挙ポスターそっくりだったが、今はポスターより少し太っている。

その秀雄が、車の中からまた怒鳴った。

「これが議員の仕事だ、受け入れろ！」

「いきなり東京に引っ越して、『ここを愛してます』って顔をするのが？　そんなの嘘じゃない！」

「子どもみたいなことを言うな！　おまえが着ている服は誰が買った？　私が稼いだ金で暮らしているくせに文句を言うな。大人になれ、綾――」

顔をそむけた綾が、遠くから見ている守に気づいてハッと顔を上げる。

「あっ！　綾っ!!」

秀雄の手を無理やりふりほどいた綾は、窓から身を乗り出して怒鳴る父を無視して走りだした。呆然《ぼうぜん》と見ている守の前を駆け抜けて……。

「おはよ、行こ！」

「わっ!?」

綾に、パッと手をつかまれると、守も引っぱられるようにして一緒に走りだしていた。

「チッ……バカ娘が」

秀雄は、隣家の少年と走っていく娘を、苦々しげに見つめていた。

親に刃向かうとはけしからん！　あいつは政治家の娘という自覚が足りんのだ！

今時の若い子ってやつか？　俺の若いころなら引っぱたかれてるぞ、まったく！

窓から身体を引っこめ、秀雄は不機嫌そうにドカッと後部座席に腰を下ろした。

「青春すね～」

運転席で、遠ざかる綾と守を眺めていた若い秘書の本多《ほんだ》が、気怠《けだる》そうにつぶやく。

まったく！　こいつも今時の若僧だな。秘書としての自覚が足りん！

「出せっ!!」

腹立ち紛れに運転席の背中にドスッと蹴《け》りを入れて、秀雄は怒鳴った。

駅に向かって並んで歩きながら、綾が言った。

「久しぶりだね。二人で歩くの」

「ん……」

本当に、いつぶりだろう。もしかして、小学校以来か……？

その頃と違うのは、二人してうつむいたきり黙々と歩いているところだ。

「聞いたでしょ？　私、引っ越すの」

「急すぎます……」

「仕方ないよ。お父さんが決めたんだから」

綾は父への怒りを滲《にじ》ませながら、引っ越しのわけを話してくれた。

東京で都議会議員をしている血縁者が引退するため、その地盤を引き継がないかと、千代野議員に声がかかったらしい。

「お父さん大ハリキリで、私の話なんて聞いてもくれない……」

駅に近づくにつれて、辺りには民家も商店も増えて街らしくなっていく。

里宮市《さとみし》里宮町《さとみちょう》は、札幌と旭川《あさひかわ》との間にある、それなりに大きな町のひとつだ。メインストリートを外れると田んぼや畑が見え、ちょっと歩けば奥深い山林も広がっている。

昔は炭鉱でそれなりに栄えていたそうだが、守たちには実感はない。自分たちが生まれる前に、とっくに炭鉱は廃業していたからだ。

二人は、小さな駅舎に入っていった。草木に囲まれた野ざらしのプラットホームは朝の光に満ちている。客は他にはいなかった。鉄道を使うのは高校生がほとんどで、大人はたいてい通勤にも自動車を使う。

「何もない町だけど……でも、私、ここが好きよ。小さい頃からの想い出がいっぱい詰まってるし、みんなとも別れたくないし……」

守は無言でうなずいた。千代野議員は、彼女に「大人になれ」って怒鳴っていたけど、それっておかしくないか……？

「せめて、十七歳の誕生日は、この町で迎えたかったな……」

先にホームに出た綾が悲しげにほほ笑んで、ぽつりとつぶやく。

守の中で何かが弾《はじ》けた。

通学鞄《かばん》が落ちるドサッという音――。

驚いた綾が振りかえったとき、守は肩をふるわせて声を上げた。

「だっ……ダメです！」

「……え？」

「東京なんて……ダメです！」

珍しく大きな声を出した守を、綾が見つめている。何か言わなきゃと思うと、汗がどんどん噴きだしてくる。

「だって……誕生日は、一緒に……過ごせたらって……」

あ、いや、僕はそうだけど、言いたいことはそこじゃなくて――。

しどろもどろになりながらも、守は必死で続けた。

「だかっ……大人の都合……とかじゃ……その……」

ああもう！　つまり、僕が言いたいのは――。

「逃げましょうっ！　大人に見つからない場所に！」

さすがに「僕と二人で」とは言えなかったが、守は思い切って言い放った。

ハッと目を見開いた綾が、こっちを見つめている。

今だ！　今、このタイミングで告白するしかない！

「ちっ……千代野さ……ずっと……ま……から……す……」

何を言っているのかわからないまま、モジモジとうつむいてしまう守。

ぜんぜんダメだ！　でも、「好きだ」って言わなきゃ！

「す……」

「嬉《うれ》しい……私もそう思ってたの！」

「えっ⁉」

千代野さんも⁉

びっくりして顔を上げると、綾が両手を胸の前で合わせて嬉しそうに笑っていた。

たちまち守の頬が……いや、顔全体が真っ赤になる。

「誕生日まで、みんなで家出するの♪　七日間限定のバースデーキャンプ！」

キラキラした笑顔で綾がそう言ったとき、電車がホームに入ってきた。

巻き起こる風に、綾の長い髪がふわりとなびいて……。

すっかりのぼせ上がったまま、彼女に見とれていた守の胸に、綾の言葉の意味が、ゆっくりと染みこんでいく。

「あ……」

「え……？」

バースデーキャンプ？　みんな……で……!?

見上げた真っ青な夏空に、むくむくと入道雲がわき上がっていた。

＊　＊　＊

守が綾と話せたのは、教室に着くまでの短い間だった。

教室に入るなり、綾はクラスメートに挨拶《あいさつ》し、おしゃべりの輪に加わって……とクラスの人気者に戻ってしまう。守は、チラチラッと彼女の横顔を見守るぐらいしかできなかった。

でも、いつもとは違う。二人だけの秘密があるからだ。

夏休みになったら二人で家出して、誕生日までの七日間、千代野さんを「大人の都合」から解放する。この町で誕生日を過ごしたいんだから、近くで隠れてキャンプできる場所を見つけないとな。そして、誕生日にプレゼントを渡して、告白する……。
今週中に計画を立てなきゃ……。

守は授業中もずっと、計画のことで頭が一杯だった。

だから、掃除のとき綾に廊下に呼び出され、「参加メンバーなんだけど――」と言われたときは耳を疑った。

綾が、「新たに加わった仲間」をにこやかに紹介したのだ。

「――親友の山咲香織《やまさきかおり》」

「ひぇ？」

裏声で驚いた守を、香織が腕組みして不機嫌そうににらんでいた。

香織は、道大会の四百メートル走で優勝したほどの運動神経の持ち主で、地元の土木会社『山咲《やまさき》建設事務所』の娘だ。綾とは中学のころからの大親友だから、バースデーキャンプに誘ったのはわかるが……。

もしかして「みんなで家出する」って、そういうことだったの？

綾と二人だけの秘密のはずが、あっという間に三人の秘密になってしまった。

いや、それどころか……。

事態は、守の思いもよらない方向へと進んでいった。

次に綾は、グラウンドで四人目の仲間をゲットしたのだ。

「──緒形《おがた》くんも行きたいって」

「ひぇ？」

「面白そうじゃん」

軽いノリでそう言ったのは、あのイケてるモテ男の緒形壮馬《そうま》だった。

なんで⁉　男子も誘うの？

ていうか、「みんなで家出する」って、そういう意味だったのか⁉

と、驚くひまも無い。

香織や壮馬と屋上に集まったときには、仲間はさらに増えていた。

にこやかにほほ笑んで、綾が言った。

「──阿久津紗希《あくつさき》ちゃんもいいかな？」

「綾ちんの誕生日、パーッと盛り上げよ～♪」

元気よくピースサインする紗希に、守は無言で頰を引きつらせた。

阿久津紗希は、ファッション誌を開いて、コスメや恋バナに花を咲かせている『カワイイ系』の女子だ。

香織が参加するのは綾と仲良しだからまだわかるが、壮馬や紗希は特に付き合いのないクラスメートだ。

家出して理不尽な親にひと泡吹かせたい──なんて計画に、興味本位で乗ってきただけだろう。壮馬なんか「女の子たちとキャンプができる!」ってだけで参加しているのかもしれない。

というわけで――。

集まった五人は、その日の放課後から同じ電車に乗って帰ることにして、『夏休みの計画』を相談することにした。

綾と香織をのぞくと、今までほとんど接点のなかったメンバーだったが、電車を降りてからも、キャンプの準備をあれこれ話して歩いていく。

まだ六日間もあるとはいえ、七日間も隠れて過ごすには、それなりの準備と計画が必要だ。必要なものやあると便利なものなど、あれこれとアイディアを出し合いながら、踏切を渡って川沿いの道に出るころには、『イケてる四人』は、すっかり話がはずんでいた。

言い出しっぺの守だけが、足取りも重く、やや遅れて後をついていく……。

『イケてない一人』の守が注目されたのは、学校を出てすぐの短い間だけだった。

香織が「で、どうするの?」といきなり詰め寄ってきたのだ。

「君が綾に『逃げよう!』って言ったんでしょ。どこに逃げるつもり?」

「えぇっと、この町で誕生日を迎えるためには町を離れずにどこかに隠れる――が、正解だと思ってますけど……」

「どこか、ってどこ？」

「そ、それは……」

守がいくつか候補を挙げようとしたところで、「俺、いいとこ知ってるぜ！」と壮馬が話題をかっさらった。

産業道路の奥の山腹にある廃業した石炭工場――それが、壮馬の提案だった。

炭鉱と一体になった石炭の積載用の施設だが、今はもう廃墟《はいきょ》になっている。

守も悪くないアイディアだと思ったが、みんなも壮馬の案に賛成し、そこからは四人で「持っていくものをリストアップしよう！」などと盛り上がっていったのだ。

こうして、終業式までの数日は瞬く間に過ぎていった。

五人は、夏休みにむけて、現地までのルートの確認、食料の買いだし、道具の調達――と準備を進めていった。

もちろん、「イケてる四人」を中心にだ。

気がつくと、守はいつも忘れられていたから……。

＊　＊　＊

〈結局、誰も僕には興味がない……〉

いよいよ明日《あした》はキャンプという日の夜、守は、しぼんだ気球のようにベッドに横たわってため息をついた。

綾と二人での逃避行どころか、仲のいい女友だちにイケメンの緒形くんもいる。僕なんか必要ないのかも……。

『近代西欧戦史』の続きを読んでフランスの空を飛ぶ気にもならず、スマホのアルバムを開いて、ミスコンの綾の画像を見つめていた守は、ガバッと起き上がった。

いや！　このチャンスにかけるぞ！　誕生日にプレゼントを渡して告白する——。

ああ、千代野さん！

ギュッと目をつぶったまま、とがらせた唇をスマホの画面に近づけて……。

「ねえ……」

兄が起き上がる前から戸口で見ていた凜が、呆《あき》れてつっこまなかったら、画面とキスしているところだった。

「の……ノックしろって言ったろっ！」

「ノックしたよ。夕ご飯だって」

「わかった。すぐ行くから！」

凜が引っこむと、守はベランダに出た。チラッと千代野家に目をやる。灯《あか》りは点《つ》いていたが、綾の姿は見当たらなかった。

明日は早朝に集合するし、早く寝たのかも……。

夜空を見上げて、守はフウ～ッと深呼吸した。

見慣れた夏の夜空……天の川も、星座を作る明るい星も、等級の低い目立たない星々だって、ここではみんな美しくきらめいている。

東京に引っ越したら、綾はこの夜空も見られなくなるのだ。

イケてようがイケてまいが、そんなの関係ない。がんばって、みんなで千代野さんの誕生日をこの町で祝ってあげたい……！

新たな決意をみなぎらせ、守は小さくうなずいた。

DAY1 侵入

キャンプ地へ

朝靄《あさもや》の中、守は渓谷にかかった大きな橋の前で、綾が来るのを待っていた。

橋の入口には鉄パイプの柵《さく》が置かれ、『立ち入り禁止』の札が立っている。

この立派な道路橋は町から延びている産業道路の一部だが、橋の先には廃業した炭鉱があるだけなので、通行止めになっている。

「守くーん」

ハッと顔を上げると、綾が手を振っていた。キャリーケースを引っぱって、産業道路を歩いてくる。

「千代野さん！」

「みんなは？」

「先に行ってます。俺は今ちょうど来たとこで……」

キャンプの荷物をみんなで石炭工場まで運んだあと、ぬけだしてチケットを買いに行って、綾を待っていたわけだが……。

「あ、そうだ。お父さんのカード、返します。札幌行きの特急の切符買っておきました」

駅で使ったカードを返して、守は言った。

カードがないと分かれば、千代野議員は使用履歴を調べるだろうし、カード会社からも利用のメールが届くはずだ。

「これで、お父さんは千代野さんが札幌に行ったと思うはずです。しばらくは見当違いの場所を捜して……」

「守くんって、意外と悪い人だよね」

「ええっ⁉」

守が驚いている間に、綾はくすくす笑いながら歩きだしていた。立ち入り禁止の札を通り過ぎ、どんどん橋を渡っていく。

慌てて守も後を追った。

橋を渡ると広い道路はそこで終わり、カーブの多い山道に変わってしまう。

朝靄の中、二人は緩やかな上り道を進んでいった。

奥に進むにつれ、白樺《しらかば》やイタヤカエデ、シナノキといった広葉樹の緑が濃くなって、下草もよりうっそうとしてくる。

この山の中腹あたりに、目指す石炭工場があるのだ。

「あの……悪い人って……」

「だって、こんな詐欺みたいな」

カードをヒラヒラさせて、綾が笑った。

「第二次大戦末期のオーヴァーロード作戦で、ドイツ軍に上陸地点を知られないよう、連合軍が書類上だけの部隊をあちこちに動かしたって話があるんです」

「それを参考にしたの？」

「はい……」

「守くんって、いっつも本読んでるもんね～」

自分でも、歴史の知識がこんな風に役立つとは思わなかった。でも、色々と考えたり、調べたりするのは嫌いじゃない。だから、何気ない綾の言葉が嬉《うれ》しかった。

「こっちです」

分かれ道で、守は急斜面の土がむき出しになった丸太階段を指さした。脇にある立て札に『炭鉱跡・近道』と書かれている。

「あっ、荷物はまかせて……」

と、綾のキャリーケースを取って、フンと気合いを入れて持ち上げた。

「大丈夫？」

先に上り始めた綾が心配そうにふり返る。守は「大丈夫……」と答えて、自分のショルダーバッグと合わせた重みによろけつつ、長い階段を上っていく。

自動車だと舗装された山道を大回りするが、徒歩ならこの階段が断然近いのだ。

「うっわ～……」

上りきる前に建物に気づいた綾は、ひと息に残りの数段を駆け上がった。

森が切り開かれた敷地に、巨大な施設がそびえている。

手前にカマボコ屋根の建物があって、その奥にレンガ造りの石炭工場がある。三階……いや、四階建てのマンションより高いかもしれない。

上から見ると十字架の形をした工場の中央部には、ひときわ高く立坑櫓《たてこうやぐら》がそびえていた。太い鉄骨を組んだ二十メートル以上はある櫓で、むき出しの階段でつながった数段のプラットホームの間に巨大な巻き上げ滑車が四つ並んでいる。滑車からは、エレベーターを昇降させる太いワイヤーが工場の内部へと伸びていた。

「すごい……」

「里宮《さとみ》石炭工場。前に本で読んだんです」

追いついた守も立坑櫓を見上げて、綾に説明した。

「昭和《しょうわ》三十年代に建設されて、最盛期には里宮町全体がすごく活気に溢《あふ》れてたって。平成《へいせい》になって閉山した後、町興しの一環で中を見学できたりもしたみたいだけど、それもこの前、閉館したらしくて……」

「全然知らなかった」と綾。

守はうなずいた。

「町興しなんて、そんなもんですよね」

石炭工場について調べたことをもっと話そうとしたとき、「おーい」と声がした。

紗希の声だった。工場の入口に立った彼女が手にした自撮り棒を振っている。

荷物を運んでいたらしい壮馬と香織も、こっちを見ていた。

「やっと来た～」

紗希は無邪気に喜んでいるが、荷物を抱えた壮馬はムッとして声を上げる。

「鈴原《すずはら》！　おまえ勝手にどっか行きやがって。ウンコか？」

「!?……」

勝手にぬけだしたのは本当なので文句もいえず、ぐぬぬと押し黙る守。

綾は、フフッと楽しそうに笑いながら三人のところへ走っていく。

「紗希ちゃん、その髪かわい～」

綾がほめると、紗希は自慢げにポニーテールをかきあげてみせた。

「でしょ？　綾ちんの反抗期祝いにピッタリじゃない？」

「やめてよ〜」

苦笑する綾に、壮馬も上機嫌で声をかける。

「荷物も大体は運びこんだぜ」

「行こ！　奥にはまだ入ってないんだ〜」

駆け寄った香織が、甘えるように後ろから綾の両肩をつかむ。

探検しよ！　と、微笑みながら目を見交わす二人。

楽しいキャンプになりそうだ……と、笑みを浮かべた守に、壮馬が言った。

「鈴原――」

「はっ……はい！」

ビクッと背筋を伸ばす。

「そこに残ってる荷物、運んどけよ。おまえの分のノルマな」

「……」

入口の脇にあるのは、重そうな荷物ばかりだ。これ全部？　僕が？

「守くん、私も……」

絶句している守を綾が手伝おうとしたが……。

「いーのいーの、綾は」

と、香織に建物の中へと押しやられる。

「そうそう！　こういうの男でやるから」

荷物を抱えた壮馬もあとに続き、紗希もついていく。

残った守はため息交じりに寝袋を肩にかけ、段ボール箱をふたつ重ねて――と、少し遅れて四人のあとを追った。

入ると短い廊下が続いている。ここは十字架の横の部分に当たる棟で、休憩室などの小部屋に分かれていた。

「あら？」

香織と薄暗い廊下を進んでいた綾は、突き当たりの部屋の前で立ち止まった。

明かりとりの窓から日が差した明るい室内に、もう一人クラスメートがいたのだ。部屋の隅に置かれた木製の机に腰かけて、本を読んでいる。

「本庄《ほんじょう》くん？」

「千代野か」

目を上げた博人《ひろと》が、メガネ越しにジロッと廊下の四人を見やった。

本庄博人は、いつも教室で参考書を読んでいる勉強家だ。当然、成績は優秀で、将来は弁護士を目指しているらしい。不機嫌そうな顔で勉強ばかりしているからか、友だちも少ない。そんな博人が、どうしてここに……？

綾の脇から、紗希がひょこっと顔を出した。

「私が誘ったの」

「無理やり連れてこられたんだ。『大事な話があるから』って」

博人は冷ややかに訂正すると、パタンと音を立てて本を閉じた。

彼の怒りを気にもせず、紗希がニッと笑う。

「告白とか期待しちゃった？」

「バカ」

「バカじゃないもん！」

博人と紗希の間では、いつものやりとりだ。なぜなら……。

呆気《あっけ》にとられている綾に、紗希がささやいた。

「ごめんね綾ちん、このままじゃヒロくんモヤシになっちゃうと思って。うちら幼稚園からの腐れ縁だからさ」

「……っ、私は別に……」と、綾が首を振る。

「しかし、千代野がこんなバカするやつだったとはな」と博人。

四人に追いついた守にも、彼の声が聞こえてきた。

「この歳になって家出とか、あの親父さん相当キレるんじゃないか？」

そりゃ千代野議員は怒るだろうけど、千代野さんに面と向かってそんな皮肉を言わなくても……。守がそう思ったとき、紗希が胸を張って言った。

「家出じゃないの。冒険って言って！」

「子どもか」と博人が呆《あき》れれば、すかさず「大人か！」と紗希が言い返す。

「わーったから」

二人のやりとりを遮ると、壮馬が博人をにらみつけて言った。

「早く奥行ってみよーぜ。未来の弁護士様は、勉強で忙しいみたいだからよ」

「フン……！」

顔を背けた博人を残し、五人は壮馬を先頭に部屋の右にあったドアをぬけて、薄暗い中を奥へと進んでいった。

探検の始まり

暗い廊下をぬけると、五人はすぐに光に満ちた空間にたどりついた。

まぶしさに目を細めたのはほんの一瞬で、目の前の光景に圧倒された五人は、ポカンと口を開けて立ち止まった。

ここは十字架の形をした工場の縦の部分全体——掘った石炭を坑道から運び、貨車に積みこむための「操車場《そうしゃば》」だ。四〜五階分ある高さは全て吹き抜けで、縦長の建物を仕切る内壁すらない。体育館の何倍もあるような、広々とした空間だ。外壁の高みに何列も並んだ大きな窓から、いくつも光の筋が降り注いで、どこか神殿のような荘厳ささえ感じられる。

うっすらと漂う、石炭と機械油の匂い――。

屋内を貫いて何本も敷かれた線路のレール――。

その線路をはさんで並び建った、二階建てほどある操車室――。

壁に張り巡らされた鉄骨から下がった、可動式クレーンのフック――。

そして、外に一際高くそびえていた立坑櫓《たてこうやぐら》が縦に貫き、坑道まで続いている。何本かのレールは、立坑を昇降するエレベーターのケージにつながっていた。

何もかもが珍しく、キョロキョロと辺りを見回しながら、みんなは操車場に踏み入った。中でも香織は、「すっごー！」と声を上げて走り出し、クレーンや立坑櫓のエレベーターに目を輝かせている。

守は「両側にある部屋は立坑櫓のワイヤーの巻き上げ室かな……」などと考えながら、ふと綾に目を向けた。綾も瞳《ひとみ》をキラキラさせ、笑顔で操車室や立坑櫓を見上げていたので、家出してよかった……と、守も笑みを浮かべる。

「よっし、ここ片づけて住みやすくしようぜ。あと、電気が使えるか調べないと」

壮馬の意見に、他の四人も大賛成だった。

七日間を過ごすキャンプ場を片づけて、気になるものを探索する――。

なにもかもが初めての楽しい時間は、瞬く間に過ぎていった。

まずは、仮眠室などの小部屋ふたつを、女子と男子の部屋に決め、食料や着替え、お菓子その他の荷物をそこに置くことにした。

次に、操車場の隣にあったガラス張りで開閉式の巨大な天窓のある明るい「巻き上げ室」をリビングとして使うことにした。ここは立坑櫓からのワイヤーが巨大なモーターに連結している。巻き上げ室の一画には、四基のエレベーターを操作する小さな「操縦室」もあった。

親に「部屋をそうじしなさい」なんて言われたら文句たらたらの年頃の五人だが、ここが自分たちの城だと思うと、不思議と動きたくなる。

守と壮馬は力仕事を担当し、転がっているガラクタや、立坑櫓や操車の仕組みと坑道の地図が描かれたホワイトボードを片づけ――。

紗希は、張り切って巻き上げ室の掃きそうじを引き受けて――。

綾と香織は、二人仲良く壁のガラスをふいて――。

博人だけは手伝う気がないらしく、操車場の片隅で、眉間《みけん》にしわを寄せてスマホをいじっていた。さっき勉強していた部屋が「女子部屋」に決まり、追い出されてしまったからだ。

そうじの後の探検では色々と新しい発見があった。一番すごいのは、壮馬と守が見つけた自家発電装置のスイッチだ。壮馬がスイッチを入れると、操車場の天井から下がった大きな照明がじわじわと点灯し、石炭工場が息を吹き返したのである。

一方、綾は別の部屋で「奇妙な道具」を見つけていた。台にかぶさっていた布を何気なくどけたら、たくさんの「機関銃のような槍《やり》のような道具」が現れたのだ。

あとで調べると、「コールピックハンマー」という削岩機《さくがんき》とわかった。コンプレッサーに接続し、圧搾《あっさく》空気の力で鉄の杭《くい》を震動させ岩を砕く道具だ。

電気が回復したからコンプレッサーも稼働できるし、あとはエレベーターが動けば石炭だって掘れる……！　いや、炭鉱を復活する気はないが、立坑櫓の巨大なエレベーターは気になっていた。

「おい、来てみろよ！」

エレベーターのケージに乗りこんだ壮馬が手招きする。

守は、ゆっくり観察しながらケージに近づいた。

四基のエレベーターはそれぞれに番号がふられている。壮馬が乗ったケージは「ケージ3」だった。隣の「ケージ4」は鉄格子の扉が閉まっていて、その先は、深い縦穴がぽっかりと口を開けている。二基でひと組のケージが交互に上下する仕組みらしい。ケージ3のケージが上にあれば、ケージ4は地下にあるわけだ。

これ、動くのかな……と、守もケージに乗りこむ。

ちょうどそのとき、香織は操縦室にいた。ここがガラス張りなのは、ケージを確認するためだし、並んでいるスイッチやレバーはケージを操作するものだ。作業台の上にある古臭い黒電話は、地下との連絡用の有線電話だろう。

「へ〜。なんか重機の操作と似てる……」

夢中で眺めている香織の脇を、背後に忍び寄った紗希が、「わっ」と突ついた。

「ひいっ！」

驚いてふり向いた拍子に、香織の手がレバーを払い倒す。その途端——。

ガクンと、壮馬と守の乗ったケージが垂直に落下した。

ゴーッとかキリキリキリという軋《きし》む音と共に、二人を乗せたケージがすごい勢いで地下深くへとどこまでも落ちていく。

底まで落下するのかと焦ったが、ケージは着地手前で減速し、ゆっくりと坑道の入口で停まった。

真っ暗闇の中、二人の点《つ》けたスマホのライトが坑道を照らし出す。

四つのケージの中にもしかれているレールが奥へとつながって延びていたが、光の届く範囲で地面が盛り上がり、坑道は押しつぶされていた。人が通れるくらいのすき間はあるが、崩れたら大変だし、そこまで冒険する必要はなさそうだった。

香織が操作方法を調べてレバーを戻し、二人はすぐに操車場に戻ることができた。

怒る壮馬を守がなだめ、「ごめんなさ〜い！」と頭を下げる香織と紗希――。

そして、最後に残った探検場所は、立坑櫓だった。

操車場から鉄骨の階段を上り、建物の屋上に通じる分厚い扉を開く。

と、山からの涼しい風が吹きこんできた。

屋上の一画は、コンクリートのすき間に土が入り、キクニガナの青い花が咲き乱れた野生の花畑と化している。近くに見える工場よりも高くそびえる巨大なピラミッドのような尖《とが》った山は、採掘時の捨て石や石炭カスを積んだ「ズリ山《やま》」だ。

ほこりっぽい屋内にいた五人は、さわやかな空気の中へと飛び出した。

心地好《よ》い夏の風に吹かれてくつろごうとしたとたん、ピカッと稲光が――。

空は一気に曇り、どしゃ降りの雨が――。

髪も服も、あっという間にぐしょ濡《ぬ》れになって。あわてて引き返して……。

それがまた、妙におかしくって……。

夕立が通り過ぎたあと、乾いた服に着替えた五人はもう一度屋上に出ると、建物の端に並び、雨上がりの景色を楽しんだ。

灰色の雲が、遠くの山へとうねるように流れていく。

五人の背後にそびえた立坑櫓が、静かに彼らを見守っていた。

＊　　＊　　＊

「あんたのほうでさあ、宿泊名簿は手に入るだろ？　そう、チ・ヨ・ノ・ア・ヤだ。確認できる？」

年配の第一秘書、麻川《あさかわ》の声が千代野邸の応接室に響いた。

「十時五分の札幌行きだ。表沙汰《おもてざた》になる前に必ず見つけろよ！」

ソファにどっかりと腰を下ろした秀雄が、イライラした声を上げる。

麻川は携帯電話を片手にパソコンを操作し、若い第二秘書の本多《ほんだ》も、黙ってプリントアウトした特急券の購入メールを見つめていた。

「ったく、引っ越しの当日に親のカードを使って家出とは」

「娘さん、ずいぶんと思い切りましたね」

本多がつぶやくように言ったが、秀雄はろくに聞いていなかった。

「柴山《しばやま》先生が、引退後も地盤はなるべく血縁者にしたいと言ってるんだ。私としてもこのチャンスをムダにはしたくない」

「本多！　おまえも手伝え！」

秀雄のイライラを感じて、電話口を押さえた麻川が目下の本多を怒鳴りつける。

麻川に怒鳴られても顔色ひとつ変えず、本多はプリントから顔を上げると、サイドボードの上にあった千代野家の家族写真に目をやった。ピアノの発表会で優勝した幼い綾と、両親が笑みを浮かべている。

秀雄が言った。

「綾には大人になってもらわんといかん。どこに出しても恥ずかしくない、立派な大人にな」

写真よりもやや老けた秀雄に目をやると、本多が聞いた。

「……立派な大人って、なんなんですかね？　先生……」

「決まってる……」

煙草を深々と吸い、フーッと大量の煙を吐き出してから、秀雄は「そんなこともわからんのか？」という顔で本多を見やった。

「目上の者にキチンと従う人間だ」


侵入者は誰だ⁉

「うん、今からキャンプ場に入るから、電話できなくなる……」

アウトドア用のチェアに座って守が話している間に、夕暮れ時の屋上は食欲をそそるスパイスの香りに満ちていた。

散々働いたのでみんな腹ぺこで、キャンピング用のテーブルを囲んだ他の四人は、アルミ皿に盛られたカレーライスをパクついていたからだ。

日が経つとカップ麺《めん》や缶詰に頼ることになるし、キャンプにカレーはつきものだから、一日目の夕食はカレーにしようと決めてあった。みんなで作ったカレーは、匂いからしてなかなかの出来だ。

「わかってるって……はい……じゃあね～」

電話を切った守は、ふうっとひと安心する。家族に心配をかけたくなかったから、キャンプ場についたら電話すると言ってあったのだ。

「よし、アリバイ作り終了」

「守《まも》ちんマジメだね～」

紗希に言われ、守はカレーの皿を手にしたままキョトンとする。

「え、べつにマジメってわけじゃ……」

「マジメだろ。おまえ勉強できるしさ、羨《うらや》ましいわ」

嫌味ではなく本当に感心している口調で、壮馬が言った。

そんなこと言われたの初めてだ。興味を持たれた？　でも……。

「俺からしたら、緒形くんや阿久津さんのほうが羨ましいです。クラスの中心で明るくて。俺、あんまり話す人いないから……」

「ヤダ、なんか守ちんネクラ～！」

紗希は笑ったが、壮馬は一瞬戸惑って、なにやら考えこんでいるようだった。

「どうしたの？　壮馬」と紗希。

「べつに……」

壮馬はいつもの調子に戻ると、キャンピングテーブルから離れて、一人だけ壁際に座っている博人をふり返った。

「オイ！　おめーもいい加減こっち来たらどうだ？」

「いい……食べたら帰る」

博人はカレーをかき混ぜながらボソッと答えると、フンと顔を背けた。

皿だけ持っていた守が、早く食べようとキョロキョロしていると、綾が「はい」とスプーンを差し出してくれた。

「あっ⁉　ありがと……」

硬くなってスプーンをもらい、ガツガツと食べ始める守。

ニコニコして眺めていた綾が言った。

「守くん、おじさんとおばさんは元気？」

「あ、うん。いつも通り。凜も相変わらずだし」

会話が弾んで、カレーも美味《おい》しいし、幸せだ〜！　と、守が舞い上がっていると、
二人をジーッと見つめていた香織がアルミ皿を置いてスッと立ち上がった。

「香織？」

綾が聞くと、にっこり笑って香織は言った。

「あたし、下からお菓子持ってこよーっと。鈴原くんも一緒に行こ？」

「えっ……？」

なんで、僕も？　よくわからないままに、守は目を丸くしてうなずいた。


真っ暗な操車場に、二人の足音が響く。

「ねえ、いくらなんでも暗すぎじゃない？」

短く折り返している立坑櫓《たてこうやぐら》の階段を下りながら、香織が言った。

「だって、明るくすると人がいるってバレちゃいますし……」

工場内の照明は点《つ》けず、香織の持った懐中電灯だけが二人の足元を照らしていた。

「ねえ……」

「……？」

先に階段を下りた香織がそこで止まったので、守は階段の上で首を傾げた。

不意にライトが消え、暗闇の中でクルッと香織がふり返る気配がして——。

「きみ、綾のこと好きでしょ？」

突然の質問に、守は「え……」と硬直し、次の瞬間、大声で叫んでいた。

「えええええっ⁉　なんでっ⁉」

叫びながら、ブンブンと頭を振る。まさか！　誰にも言ってないのに⁉

「やっぱり……」

香織が、一歩また一歩と階段を上ってくるのが足音でわかる。

「綾に逃げようって言ったのも、本当は駆け落ち的な意味だったりして……」

山咲さん、鋭すぎる……！

「それはっ……」

言いよどんだ瞬間、カッと点いたライトの光が守の顔を直撃する。

ウッと顔を背ける寸前、香織が冷たい目でにらんでいるのが見えた。

「……綾は真っ白な子なんだからね。変なことしたら許さないから……」

「しません、そんなこと」

「どーだか」

フンと鼻を鳴らし、香織は階段を下りてどんどん歩いていく。

変なことってなんだよ……。僕は……千代野さんと、ずっと……。

「……ずっと、隣同士だったんです。お父さんとのこともずっと見てました」

気がついたときには、追いかけながら声に出していた。

「幼稚園の時は、一緒に星の妖精《ようせい》をやりました。小学生の時は、二人でいきもの係をやって……」

あの頃は、今よりずっと近くにいたんだ……。

背中を向けたまま歩いていく香織に、守は静かに話し続けた。

「中学の時も、俺が図書室に本を借りに行くと、いつもそこには千代野さんもいて……ピアノが好きで、虫が苦手で、バカみたいに素直で……」

「そんなの、あたしだって知ってる……」

香織は素早く踵《きびす》を返し、かみつかんばかりの勢いで詰め寄ってきた。

「とにかく！　あの子を泣かせたら、あたしが絶対許さない！　それだけっ！」

ひと息にまくし立てると、またプイッと向きを変えて女子部屋へと走っていく。

「ちょっと……！」

さすがにムッとした守は、あわてて彼女を追いかけた。

「そんな言い方っ……」

追いついて文句を言おうとした守は、様子がおかしいのに気づいた。

香織はなぜか部屋に入ろうとせず、戸口に突っ立っていたのだ。

「ねえ、これ……」

「え……?」

さっきまでのつんけんした口調ではなく、どこか怯《おび》えているような……。

「……うわっ!?　なにこれっ!?」

光の輪に照らされた室内をのぞいて、守は叫んでいた。

バッグが荒らされて中身が床に散らばり、食料の入った段ボールも引っかき回されている。明らかに物色したあと……。

香織が微《かす》かに声を震わせてつぶやいた。

「まさか……この工場……あたしたちの他にも、誰かいる……?」


「だっ、誰かって、誰よ!?」

紗希がパニック気味で、壮馬に目を向けた。

「ホームレスの爺《じい》さんとかか?」

と、香織を見やる壮馬。

「好意的な相手なら、盗み食いなんてしないよね……?」

香織はそう言って考えこんだ。

綾は不安そうに香織を見つめていたが、何も言わずにうつむいてしまう。

守と香織が屋上に戻って女子部屋のことを伝え、みんなであれこれ話し合ったが、結論は出そうにない。

「警察呼ぶか？」と壮馬。

「バカ。そんなことしたら、不法侵入でこっちまでアウトだ」

壁から離れて寄ってきた博人が口をはさんだ。

「んじゃどうすんだよ!?」

「わめくな犯罪者」

「ああっ!?」

「落ち着いてください、緒形くん！」

守は必死で二人の仲裁に入った。

「だってこいつが……！」

それでも怒りが収まらない壮馬と、頑《かたく》なな博人がにらみ合う。

頼りにならない男子たちに、香織がハ〜ッとため息をついた。

＊　　＊　　＊

そのころ——。

闇の中で石炭工場を見上げている二人の男がいた。

「やっぱここっすよ、下から見えた明かりは」

モジャモジャ頭で上背のある若い男——後藤《ごとう》が、興奮気味に屋上を指さす。

そこには、キャンプ用のランタンの小さな明かりが灯《とも》っている。

「イキるな。まだ正式に命令は下りてないんだ」

どうも気合いがむだに空回りしている部下を、上司の前田《まえだ》がドスの利いた声でたしなめた。

中年の前田は、かなりの強面《こわもて》だ。口髭《くちひげ》も、鋭い目も、つり上がった眉《まゆ》も、頬《ほお》に刻まれたしわも——なにもかもがゴツゴツしている。

前田と後藤は、日が暮れてから自動車で舗装路を上ってきた。

たまたま高校生たちは侵入者の騒ぎでもめていたから、彼らに気づかれることなく工場の正面まで来られたのだ。

「行くぞ」

屋上をじっと見つめていた前田が、ポケットから手を出してゆらりと歩きだす。

「うぃっス！」

後藤は、ビシッと気をつけをして答えた。

＊　＊　＊

真っ暗な室内に、ゆらゆらと動く光の輪が二つ――。

壮馬を先頭に、博人、守の男子三人が、怯えた顔で階段を下りていく。

「……なんで僕まで？」

「男だからだとさ」

「うう……」

壮馬の後ろを博人と歩きながら、守はまだ納得していなかった。

香織を怒らせたのは、ケンカを始めた壮馬と博人なのに……。

結局、男子三人で侵入者を捜すことになってしまったのだ。

足音を忍ばせて立坑櫓《たてこうやぐら》の階段を下りながら、不意に壮馬が話題を変えた。

「鈴原さー、おまえ、あの中じゃ誰が好み？」

「ええっ!?」

「こんなときに女の話か？」

博人の皮肉を、ヘッと笑って壮馬が受け流す。

「なんも話してねーと怖いだろ。で、どうなの？」

「いないよ！　そんなの」

「え～？」

怪しいぞという顔で、こっちを向いたまま階段を下りていく壮馬。あと少しで一階につくという時だった。

なんだろう、背後の壁で何か動いたような……？

「あっ？」

守はとっさに懐中電灯を向けた。

操車場の高い場所には、グルッと一周できるキャットウォークと呼ばれる通路が張り巡らされている。その狭い通路にいた誰かが、こちらに気づいてサッと頭を引っこめたのだ。

「いた！」

叫んだ守は、さらに狙いをしぼって光を向けた。

と、何者かがタタタッとキャットウォークを走っていく。

壮馬と博人も人影に気づき、三人は壁際の階段へと移動してキャットウォークに駆け上がった。その隙に、キャットウォークから侵入者は巻き上げ室へと入り、中の手すりを越えて階段へと飛び降りていく。

「おい待て！」

三人は壮馬を先頭に巻き上げ室まで来たが、侵入者の姿はなかった。

チラッとしか見えなかったが、ずいぶんと背が低い。もしかして子どもか……？

「……おう、今追ってる」

屋上の紗希と話していた壮馬が電話を切り、懐中電灯で辺りを照らす。

だめだ、見失った……そう思ったとき、「ウワーッ！」と悲鳴が聞こえた。

顔を見合わせた三人は、音のしたほうへと階段を駆け下りた。

悲鳴は操車場からではなかった。廊下の先、両開きの扉のある空き部屋の照明が、チカチカと点滅している。

「おとなしくしろって、この！」

暴れる子どもを、モジャモジャ頭の後藤が押さえつけていた。

三人が部屋に入ろうとすると、扉の陰からもう一人、ヤクザみたいな怖い顔の前田が飛び出して、行く手をふさぐ。

もちろん守たちには「見知らぬ大人が二人も工場にいる」としかわからなかった。ただ、捕まっている子どもが、三人の追っていた侵入者なのはたしかだった。

「なに……これ……」

思わず守がつぶやくと、前田がギロッと三人をにらみつけた。

「おまえらはなんだ！　ここで何している？」

そんな！　初日から大人に見つかってしまうなんて……。

「え……と……」

目を泳がせた壮馬が、頭をかいて言い訳を考えていたとき――。

「いでえっ」

扉の奥で後藤がわめいた。三人に気を取られたすきに、押さえていた子どもに手を噛《か》まれたのだ。

「このっ！」

ふりほどいた手で、後藤が侵入者の頭をバシッとはたく。

「うわあああっ」

次の瞬間、守は壮馬の後ろから飛び出していた。

「こらっ！」

前田が守を止めようとしたが、写真を撮ろうとスマホを構えた壮馬に気を取られる。

その脇をすりぬけ、守は後藤めがけて肩から飛びこんでいった。

脇腹に守の肩がめりこみ、「ぐぇっ」とうめいて後藤が吹っ飛ぶ――。

尻《しり》もちをついた後藤が、痛そうに顔をしかめる。

「なにしやがる！」

「ダメじゃないですかっ、子ども相手に」

内心ビクビクしながらも、守はそう叫んでいた。

僕はなにやってるんだ？　大人にケンカを売るなんて……！

そのとき。うろたえかけた守の手を、小さな手が力強くにぎりしめた。

「こっち――」

「ええ？」

驚きながらも、侵入者の子どもにグイッと引っぱられ、守は走りだしていた。

部屋を突っ切り、反対側の出口へと走る二人――。

「このっ！」

後藤はすぐに追った。一方、前田は――。

「子どもはそこでおとなしくしてろっ！」

来たら殺す！　とでも言わんばかりのひとにらみで壮馬と博人を震え上がらせてから、部屋を後にする。

鈴原のやつ、大丈夫か？　とは思うものの、前田の迫力に押され、二人はそれ以上あとを追う気にはなれなかった。

謎の子どもに引っぱられ、守は工場の出入口から外へ飛び出していた。

今はもう手をつないでいないが、二人して建物を回りこみ、下草を蹴散《けち》らし、トロッコの線路をたどって斜面を上り、白樺《しらかば》とカラマツの林を駆け抜けていく。

小学五、六年生の男の子だろうか……。やせて背も低く、すばしっこい子だ。

この子についていくしかないが、すぐ後ろに大人たちが迫っていた。

「追いつかれるよ」

守がそう声をかけても、何も言わずに走り続ける。

いったいどこへ行くつもりだ？　そう思ったとき、星明かりにうっすらと建物が見えてきた。線路は、半分しまったシャッターの向こうへと続いている。

迷うことなく、少年はシャッターの奥へと消えた。

こんなとこへ逃げたって、追い詰められるだけじゃないか……。

戸惑いながら中に入る。そのとたん、また無理やり手を引っぱられた。

「乗れ！」

「えっ？」

線路に置かれたトロッコに転がりこんだと守が気づいたときには、少年は後ろからそれを押している。初めはじりじりと、そして、建物を出て斜面に入るころには車輪のついた鉄の器は、ぐんぐんと加速していく。

「うわぁぁぁぁぁぁぁぁぁ！」

トロッコに乗った守の目の前に、突如、モジャモジャ頭の後藤が現れ、はねられる寸前、彼が飛びのくのがチラッと見えた。

トロッコの後ろをつかんでいた少年は、ひょいっと乗りこむと、尻もちをついている守を押しのけて先頭に立つ。

ゴーッと風が鳴り、白樺の幹がびゅんびゅんと後ろへ飛び去っていく──。

不意に、行く手に懐中電灯の光──。

あわてて飛びのいた前田の脇を通り過ぎ──。

大きなカーブにさしかかると、ギギギギギッと車輪が悲鳴を上げた。

追っ手の二人を置き去りにして林をぬけ、少年と守はあっという間に工場まで戻ってきたのだ。トロッコが突っこんでいくのは、線路が続いている操車場だ。

分厚い鉄の昇降扉をくぐり抜け、操車場に飛びこんだトロッコは、勢いが弱まってはいたが、一直線にレールのどん詰まりまで突っこむ。

衝撃を和らげるピストン式の装置──ストッパーにドンとぶつかると、ピストンが縮んで、トロッコは急停止した。

「ぐっ！」

トロッコから投げ出されてストッパーの上に落ちた守は、金属のシリンダーを抱えたきりしばらく動けなかった。

一方、衝突と同時に飛び降り、器用に着地した少年は、昇降扉へと走っている。

空っぽのトロッコはピストンにはじき返されて、元来た線路をゴロゴロと外へ出ていくところだ。それを見送った少年が壁の「下」のスイッチを押す……と、鉄の昇降扉がゆっくりと下りてきた。

「君は……？」

守が聞くと、少年はボタンを押したまま、キッとふり返る。

「マレット……」

耳慣れない名前だが――たしかに日本人っぽくない顔立ちだ。

マレットが守をにらんで言った。

「おまえたち、どこから来た？」

大人と子どもと

ポテトチップス、魚肉ソーセージ、チョコレート、チーズ……。

マレットは、女子部屋の畳に綾たちが広げてくれた食料を、つかんでは口に押しこみ、ハグハグやってゴクンとのみこんでいく。よほど空腹だったらしく、綾に香織、紗希の三人に囲まれているのも気にならないようだ。

操車場の扉を下ろし、入口のドアも鍵《かぎ》をかけてあるから、後藤と前田が入ってくる心配はない。

食べる合間に、マレットは六人に言葉少なに事情を説明した。

「不法滞在ぃ〜⁉」

壮馬が声を上げても、少年は平然とソーセージをかじり、もう一方の手をミックスナッツの大缶に突っこむ。

「じゃあ、あの二人は入国管理官で、きみを捕まえにきたってこと？」

守が聞いても、マレットは口にソーセージを頬張ったままモグモグやっている。

「なら、こっちが悪者じゃない」

紗希が呆《あき》れたように言うと、香織は守にきつい目を向けた。

「あんたどうすんのよ！　大人たちにたてついちゃったんでしょ？」

「……」

子どもにあんな乱暴してるから黙ってられなくて！　とか言いたかったが、守はなにも言えずに押し黙る。

ようやくお腹がふくれたのか、マレットがフウッと息をついて手で口をぬぐうと、綾がハンカチを差し出して笑いかけた。

「どうして、こんなところに住んでるの？」

「……ここの上にのぼると、下に三角屋根のアパートが見える」とマレット。

「え？」

どういうこと？　と、首を傾げる紗希。

入口の土間に一人離れて立っていた博人が、壁にもたれたままスマホから目を上げてため息をつく。

「先月、その三角屋根のアパートで不法滞在のタイ人が摘発された。ニュースくらい見ろ、バカ」

紗希がムッとしている間に、マレットがつぶやくように言った。

「逃げてる間に家族とはぐれた……捕まってなければ、きっと、マレット捜しに父さんと母さん戻ってくる……」

少したどたどしいけれど、きちんとした日本語だ。

可哀想に……と、綾や紗希がなぐさめるようにマレットに寄り添った。

「だから、ここで見張ってたのか……」と守。

マレットは昼の間、立坑櫓《たてこうやぐら》の一番上から町を見ていた。六人が屋上に現れたときも、実は上から彼らを観察していたのだ。

「でも、捕まってたらどうするの？」

香織の質問にマレットは答えない。そんなことは考えたくもないらしかった。

そのとき、博人が壁から離れてドアを開けた。

「ヒロくん？」

紗希が呼び止めると、博人はチラッとふり向いた。

「帰る」

「え」

「犯罪者と知って匿《かくま》えば、刑法では幇助罪《ほうじょざい》になる。そんな義理はないさ」

冷たくそう言って、女子部屋を出ていく博人。

座敷の縁《へり》に腰かけて悩んでいた壮馬も、無言で立ち上がった。

「壮馬！」と怒る香織。

「ヤバいだろ、だって」

ガリ勉野郎と見下していた未来の弁護士様に追従するみたいで悔しいが、犯罪者と聞くと、やっぱり腰が引けるのだ……。

女子三人の視線を気にしつつ、壮馬も出ていってしまった。

「ちょっと！　ねえ！」

紗希があわてて二人を止めようと追いかけていく。

バースデーキャンプは初日で崩壊してしまいそうな雰囲気……。

うつむいたマレットは、残った三人にふて腐れたように言った。

「おまえらも出てけよ。こっちが先にいたんだ」

「お父さん達のこと話してみて？　何か見つけるお手伝いができるかもしれない」

「え？」

綾の言葉に驚いてマレットが顔を上げる。あわてたのは香織だった。

「綾!?　なにを根拠に言ってんのよ。あたしたちはそんなことしに来たわけじゃないでしょ!?」

「けど、可哀想だよ……親と離れ離れになりたい子なんて、いるわけないのに……」

家出をした綾の口からそんな言葉が出たことに、守はドキッとする。

だが、マレットは綾をけわしい目でにらむと、プイッと顔を背けた。

「大人はウソつきだ――」

「えっ？」

「優しい顔して、ウソばかりつく。給料も待遇も全部ウソ。今さら帰れないから、みんな働いてた！」

アパートから逃げる前のことを思い出したのか、マレットは拳《こぶし》を握りしめ、スッと立ち上がった。

「おまえたちもどうせ一緒だ！　お父さんとお母さんは一人で捜す！」

マレットの怒りに、綾も香織もなにも言い返せない。もちろん、守もだ。

この子はたった一人で、一ヶ月近く大人たちと戦っていたのだ……。

足音を立てて壮馬が戻ってきたのは、そのときだった。

「ヤベーぞ、扉が開かねー」

たしかに、遠くから博人がドアノブと格闘する音が聞こえてくる。

まさか……⁉

＊　　＊　　＊

博人と紗希のいる扉の反対側――。

鉄製の枕木がドアにつっかえ棒として立てかけられ、ドアノブに針金でぐるぐる巻きに固定されていた。ドン！　ドン！　中から、博人と紗希がドアを叩《たた》いても、ビクともしない。

入国管理局の二人は、ドアの前にはもういなかった。

「じゃあ、よろしく……」

工場と立坑櫓が見上げられる場所で、通話を終えた前田が、スマホをポケットに突っこんだ。そこへ、後藤が走ってくる。乗ってきたバンを操車場の入口に横付けして、もう一方の出口を塞《ふさ》いできたのだ。

「道路に配置する応援を頼んだぞ。朝イチで収容する」

前田が言った。

朝、応援の入国警備官たちが着いたら一斉に中へ押し入り、邪魔な若者たちを排除して、まっすぐに目当ての不法滞在者を確保する——。

後藤は朝になるのが楽しみとばかりにニッと笑い、業務用の強力な懐中電灯で、立坑櫓のプラットホームを照らした。

「聞こえているか、クソガキ共！　逃げられると思うなよ！」

＊　＊　＊

朝になったら、入国管理局の大人たちが乗りこんでくる……⁉

後藤の照らすライトの光をよけながら、屋上の端からのぞきこんでいた壮馬、博人、香織に守は四《よ》つん這《ば》いで後ずさり、綾たちのいる立坑櫓まで戻ってきた。

しゃがんだまま背筋を伸ばし、顔を見合わせる七人——そう、マレットも一緒だ。

出ていこうにも、出られなくなってしまったのだから。

「閉じこめられた。あいつら応援を呼ぶつもりだ」

壮馬が言うと、博人が食ってかかった。

「冗談じゃない！　おまえらに付き合って犯罪者になってたまるか！　あいつらに事

情話して、僕だけでも帰るぞ」

「話してわかってくれるような感じでもなかったけどな」

「それに、こんなところにいる時点で、ヒロくんも立派に不法侵入だよ」

壮馬と紗希につっこまれ、博人が唇を噛《か》む。

「どうする、未来の弁護士さま？」と壮馬。

「おまえ——」

「んだよ」

にらみあい、今にもつかみ合いでも始めそうな壮馬と博人——。

「ちょっと！」

「やめなよ——」

香織と紗希が止めても、二人はにらみ合ったままだ。

せっかくのキャンプだったのに。いったい、どうしたらいい？

考えこんでいた守は、綾に見つめられているのに気づいて、ハッと息を呑《の》んだ。

なにかを訴えるような潤んだ瞳《ひとみ》。

もしかして頼られてる？　ていうか、僕は千代野さんを悲しませたくない！

「俺がっ——」

力強く言いかけるなり、その場にいた全員の目が守に注がれる。

あわあわして目を泳がせながらも、守は続けた。

「俺が……その……なんとか、します……」

なにを？　という顔のみんなを見据えて、守はゴクッとつばを飲んだ。

「……っ……あの人たちのことも……マレットのことも……」

どっちもなんとかして、キャンプも続けるんだ――。

心の中で、守はそうつぶやいた。

DAY2 攻防

入国管理局の出動

朝靄《あさもや》の中、白樺《しらかば》の林に大勢の靴音が響いた。

立ち会いの警察官と、心配そうな顔の土地の管理人が見守るなか、十名の入国警備官が石炭工場の入口前に集まってくる。

前田は同僚の縦原《たてはら》と横井《よこい》に、昨日封鎖したドアが、内側から鍵《かぎ》をかけられていると説明した。

「なあに、こいつでぶち破ればいいんです」

横井が手にしたエントリーハンマー——小さな破城槌《はじようつい》みたいな道具を構える。

イキっている後藤をはじめ、警備官たちは手はず通り工場の周りへ散っていった。

建物を包囲して、あちこちから数名ずつ突入し、まずは不法滞在者を確保する作戦なのだ。

後藤と横井は、正面にある入口へと向かった。

指揮官としてその場に一人残っていた前田が、拡声器《かくせいき》を手にする。

「北海道《ほっかいどう》出入《しゅつにゅう》国在留管理局《こくざいりゅうかんりきょく》です。この建物に対し、入国管理法の違反調査を行う令状が裁判所から出ています。捜索を行っている間は何人《なんぴと》も許可を得ないでこの場を出入りすることを禁止します」

時計を確認すると、前田は顔を上げた。

「午前九時十七分、公務開始‼」

「はっ！」

返事をした横井が、エントリーハンマーを大きく斜め後ろに振り上げて、振り子のようにしてシリンダー錠に真横から叩きつける。

バキンッ！　と、一撃で鍵が破壊された音が響いた。

あとは軽く体当たりするだけで、ドアは簡単に……いや、開かなかった。

改めて力いっぱい体当たりしても、鍵のないドアがビクともしない。

「……っ、ダメだ。内側から補強されてる」

「へぇっ⁉」

驚く後藤。くそっ、あのガキ共いったいなにしやがった？

ドアの反対側ではヘルメットをかぶった守と香織が、廊下の奥から入口のドアをのぞきこんでいた。ドンドン！　ドガッ！　ハンマーで殴っている音がする。

「ぶち破れるものならやってみなさいよっ」

香織が得意げにニヤニヤして言った。

ドアは自動車で突っこむか重機でも使わないと壊せない。なにしろ、鉄パイプを組んで香織が『溶接』したのだから。夜のうちに、溶接機を使って。それはもう、あっさりと……。

「あんなのどこで習ったんですか？」

守が聞くと、香織は「ん～」と首を傾げた。

「花嫁修業？」

「ええ……!?」

山咲建設の社員たちは香織の親戚《しんせき》か友だちみたいなものだから、小さい頃から遊び感覚で重機の操作やなんかを教え込まれているのだ。

「扉がダメなら……！」

若い後藤はイキって走りだした。建物を回り、レンガ造りの壁にとりついている仲間のもとへと駆けつける。

「縦原さん、はしごーっ！」

そこは、避難ばしごが屋上から下がっている侵入ポイントだ。壁に固定された鉄製のはしごは、二階ぐらいの高さで錆《さ》び落ちてしまっているが、縦原たちは下から二連ばしごを立てかけ、そこまで上ろうとしていた。

立てかけられた二連ばしごの先端は、避難ばしごの下まで届かないが、縦原は仲間三人に下を押さえさせて上り始めていた。後藤も、早く上りたいとうずうずしながら縦原を見上げる。

二連ばしごの先端に立った縦原は、錆びた避難ばしごに移って屋上を目指す。

「大人なめんなよ、ガキどもっ！」

ニッと笑って、後藤も二連ばしごを上り始めた。

縦原がひとあし先に屋上に顔を出すと、低い姿勢で待ち構えていたマレットがバッと起き上がった。消火器のノズルを縦原の顔面に突きつける。

バシューッ！

白い泡をくらった縦原は、錆びたはしごをバキバキと折りつつ、滑り落ちていく。

「わぁあああ」

焦ったのは下にいる後藤だった。ドサッと縦原の股《また》ぐらを顔面で受け止め、その勢いで、二人を乗せた二連ばしごがガシャンと半分に縮んで……。

「ぐわっ!」

短くなったはしごが壁に倒れかかってできた斜面を、縦原と後藤はさらに転がり落ち、下にいた二人の警備官に激突する。

「いでぇ〜!」

四苦八苦している様子を上からのぞいて、マレットがニッと笑った。

さらにマレットよりも高い位置——立坑櫓《たてこうやぐら》のプラットホームには紗希がいて、スマホを手に全体を見渡していた。

「東側から二人行くよ〜」

紗希の指示通り、ドアをあきらめた横井が雨どいをよじ登っている。

工場の一階には窓はないが、ここを登れば二階の窓から中のキャットウォークに入れるからだ。

窓を割ろうと横井が道具に手をのばしたとき、突然、中から窓が開かれた。

紗希の連絡を受けて待ち構えていた壮馬が、雨どいにしがみつく横井めがけて、はしごを突き出す。

「うお!? くっ……」

はしごをつかんだ横井は、それを雨どいに押しつけて固定し、どうだとばかりにほくそ笑んだ。

と、壮馬の後ろから走ってきた博人が、抱えていた大きな袋の中身を横井めがけてぶちまける。消火用の砂が、ドザーッと横井の顔面に炸裂《さくれつ》した。

「ブハッ！　ペッ！　ペッ！」

たまらず、横井が雨どいをずるずる落ちていくと、はしごが引っ込み、窓がぴしゃっと閉まる。

「やるじゃん」と壮馬。

「当然だ」と、メガネの位置を直す博人。

と、博人のスマホが鳴って、綾からの連絡が入った。

綾は一人で巻き上げ室に待機し、床に広げた工場の平面図を見ながら、みんなの報告を書きこんでいる。

図面には、警備官の動きを予測した警戒ポイントや、各自の待機場所などが細かく書かれていた。どれも、守が昨日のうちに立てた作戦だ。

「ここまで作戦通りです。次の配置についてください」

うなずいた博人は、壮馬と共に走り出した。

たぶん、敵は侵入を防ぎ切れないところから入ってくるだろう。

守の作戦は、それも予想済みだった――。

操車場の攻防

操車場の高い位置にある窓を塞《ふさ》いでいた木製の板が、バリバリとはがされる。鍵の周りのガラスが丸く切りとられ、窓はあっさりと開いた。せまいガラス窓のすき間から、横井と後藤が操車場に降り立ち、続いて現れたのは……指揮官の前田だ。さらに、縦原も入ってくる。

総勢四人の入国警備官が、操車場の線路に沿って慎重に進み始めたときには、彼らをむかえ撃つ準備は整っていた。

二階のキャットウォークにかけたビニールシートの陰からは、守と紗希のかぶったヘルメットが顔をのぞかせている。守はスマホだけ上に出し、操車場にいる警備官たちを撮影していた。

線路の下の凹《くぼ》みに隠れた香織は、息を殺して四人が通り過ぎるのを待つ。

前田たちが操車場の中ほどまで来たとき、線路下の引きあげ機がカタカタと動きだして、外側の線路をトロッコが上ってきた。

一台、そしてもう一台……。次々に地下から場内に引きあげられたトロッコが、反対側の下り斜面に放たれ、場内の線路をゆっくりと加速していく。

操車場の端まで走り、ピストン式のストッパーに弾《はじ》かれたトロッコが、また外側のレールを戻っていく――と、警備官たちが思ったときだった。

不意にポイントが切り替わると、トロッコがゴーッと内側へと走りこんできた。

「あぶねっ」

よけた後藤と縦原が尻《しり》もちをつく。そこへ、通り過ぎたトロッコがまたプッシュバックされ、ポイントを切り替えてさらに内側の線路へ突っこんでくる。

「ひゃっ」

転がってよけた後藤の脇を、トロッコがゴーッと通り過ぎた。

おのれ〜っ！　四人は操車場の中に突き出した高台を見上げる。

操車室に陣取り、次々とポイントを切り替えているのは博人だった。

さらに一台、また一台と引きあげられてゴーッと線路を走り出すトロッコの群れ。

「ちっ！　こんなん、タイミングを合わしゃ、どーってことない――」

一台やり過ごした縦原が、線路を横切ろうと次のトロッコを見ていると、バシッと後頭部に衝撃が走った。たくさんの小さな何かが叩《たた》きつけられたのだ。

「いでッ！」

なんだ!?　ふり向くと、遠く二階のキャットウォークのビニールシート越しに、紗希が顔を出していた。彼女は、守から受け取った新しいコールピックハンマーを銃みたいに構えている。ハンマーは先端の削岩用の金具が外され、穴がのぞいていた。

「女子⁉」

縦原が驚くのと同時に、守が圧縮空気のバルブをひねる。

バシッと猛烈な空気圧で発射される散弾の正体は、大缶に山ほどあるナッツだ。

「いでっ！　わっ！」

顔面にもろにナッツをくらってよろけた縦原は、後ろに走ってきたトロッコの中へと転がり落ちた。

「縦原さーん！」

後藤を残し、トロッコはエレベーターのケージの方へと走り去っていく。

「かい・かん♡　いけるね、即席空気銃」

「炭鉱は爆発が怖いから、電気じゃなくて圧縮空気を使うんです」

紗希からハンマーを渡された守は、それを後ろにいるマレットに回し、代わりにナッツを装填《そうてん》したハンマーを紗希に渡した。マレットはハンマーの穴に缶からナッツを詰めこむ役だ。長篠《ながしの》の戦いの鉄砲隊のような三段備えで、途切れずにナッツ弾をお見舞いできるのだ。

「ナメやがって‼」

縦原は、石炭くずだらけの荷台にはまってもがいている。

彼を乗せたトロッコは、エレベーターのケージを通り過ぎ、チップラー――トロッコごと回転させて中身だけを下へ落とす装置に入っていく。

チップラーの脇では、スマホを手にした壮馬がトロッコを撮影していた。

「わっ、わっ」

装置の中でトロッコが逆さになり、中身の縦原は床下の穴へ落ちていく。

「わ〜〜〜」

どすんと地下の石炭カスの山に落ちる音――。

もうもうと粉塵《ふんじん》が舞い上がり、下からゲホゲホと咳《せ》き込むのが聞こえてくる。

これで、まず一人――。

「守ちん！」

紗希の合図で、守がバルブをひねる。

バルルルルッ！　圧縮空気がナッツの散弾を放った。

後藤が、さっと操車室の土台の陰に隠れる。

すぐに守から装填《そうてん》済みのハンマーを受け取り、構える紗希――。

と、操車室の土台の陰から『たんこちゃん』が現れた。といっても、炭鉱記念館のゆるキャラの描かれた看板だが……。

「カワイイ♡」とふり返り、守に同意を求める紗希。

「集中してください！」

「わーってるよん♪」

バルルルッ！　飛び出したナッツは『たんこちゃん』の看板に当たって弾かれた。

「へっ！」

しめたとばかりに、後藤は『たんこちゃん』を盾にじりじりと前進する。

「うそ〜」

どうしよう……と不安気な顔をした紗希が、「あっ」と声を上げた。

守は、とっくに気づいていた。後藤の背後にクレーンが迫っていたのだ。

天井のレールを移動したフックが、後藤の着ている防刃ベストの裾《すそ》に引っかかる。

「わっ？　わわっ、ちょっとー！　わあ」

フックが上昇すると、宙づりになった後藤はどんどん上昇していった。

『たんこちゃん』の看板は床に落ち、あっと言う間に後藤は操車室よりずっと高い、天井近くまで上がっていく。

「どーよ！」

壁際でクレーンを操っていた香織が得意げに言うと、リモコンの一番下の『町』と書かれたボタンを押した。

「どわ、ちょ、まっ、やめ、落ちる！」

フックにぶら下がった後藤は操車室を越え、出口のほうへと運ばれていく。

「おっしゃー！　二人目！」

宙づりになった姿を撮影しながら、奥から壮馬が現れる。

頭に血が上った後藤は、空気銃をかまえる紗希にわめき散らした。

「降ろせ、この不良娘！　ブース、ブース、ブース！」

「あぁっ⁉」

紗希がムッカーと、にらみつける。

ここまでは順調だった。残るは、あと二人か……。

操車室の博人は、窓から宙づりになった後藤をチラッと眺め、フゥと息をついた。

一瞬の油断――ポイントを切り替えるタイミングをミスして、すれ違うはずのトロッコが、ガガン！　と重たい音を立てて衝突する。

後藤の下辺りで、トロッコ二台が脱線し、黒い粉塵が飛びちった。操車場内にトロッコの群れを行き来させる作戦は、ぎりぎりのタイミングで成り立っていたのだ。

ガン！　ガガガン！　ゴン！

前田たちの前進を阻んでいたトロッコの群れは、次から次へと玉突き衝突を起こした。突っこんでは脱線し、ひっくり返り、はね返るトロッコたち……。

たくさんのトロッコにうっすらと積もっていた石炭の粉塵が、もうもうと操車場内にたちこめていった。

「ひええ、ゲホゲホ……!」

粉塵は、吊《つる》された後藤のところまで舞い上がり、操車場内に黒い粒が漂う。

「しまった!」

博人はあわてて操作盤に向かったが、もうどうにもならない。足止めして各個撃破する作戦は失敗だ。

守と紗希、マレットの三人は不安そうにキャットウォークから下をのぞきこみ、香織と壮馬も、脱線していくトロッコの動きを目で追うばかり……。

一人だけ隣の巻き上げ室にいた綾も操車場に飛び出し、下をのぞきこんでいた。

全員の注意が脱線するトロッコに向いたそのとき——。

前田が操車室のタラップを駆け上がった。

「うぐっ」

博人に飛びついた前田が、彼の腕をねじり上げ、操作盤に顔を押しつける。

あっという間の形勢逆転に、声も出ない六人……。

前田が叫んだ。

「用があるのは不法滞在者だけだっ! おとなしく引き渡せ!」

マレットを……？

視線がキャットウォークに集まった。守も紗希も、マレットをふり返る。

マレットは、追い詰められた猫のような目でキッと守を見つめ返していた。

「ざまーみろぉ！　ガキが調子にのりやがって！　もうまともな人生おくれるなんて思うなよ、ボケーッ！」

宙づり後藤のイキった声を打ち消すように、前田が大声で続けた。

「不法滞在者を引き渡せば、悪いようにはしない!!」

操車室の中で、悔しそうにしている博人を押さえつけている前田。

誰も答えようとはしなかった。この作戦を立てたのは守だから……。

もうもうと粉塵の漂う中、みんなが守の決断を待っていた。

どうする？　大人の言うことを信用するのか？　マレットは？　ぼくらにも、また「ウソをつかれた」って打ちのめされるのか……？

守は、ゆっくりと一歩前に出た。マレットを、前田からかばうように――。

「マモル……」と、驚くマレット。

「うっそだろ……」と後藤。

マレットは渡さない。けど、ここからどんな手がある？　なにか考えるんだ……。

守がそう思ったとき、操車場内に、けたたましい警報が鳴り響いた。

「……これって……」

はっきりそれだとわかる、『ガス漏れ警報』の音だ！

と、反対側のキャットウォークから、綾の声がした。

「出ていってください！」

「千代野さん……？」

「綾⁉」

「大きなガスタンクの栓を全部開けました！　下がってくれなければ火を点《つ》けます‼」

「なっ⁉」

「うっそだろ、オイ⁉　わわわっ⁉」

横井と後藤が声を上げる。

綾が、先端からガスを噴きだしている溶接機のトーチヘッドと、キャンプ用のロックライターを構えていたからだ。

博人を押さえつけたままの前田に、横井がささやいた。

「ほんとですかね？」

「わからん。石炭ガスってのは無色無臭だ。ブラフだとは思うが……粉塵爆発の危険もあるか……」

もしこいつらが、うちの後藤みたいにイキっていたら？　若者にはありがちだ。本気でないとは言い切れない。未成年を危険にさらすわけには……。

いかつい顔をさらにしかめてしばらく悩んだ前田は、不意に手をゆるめた。

解放された博人が、ハアッと息を吐く。

「撤収だ！　これ以上刺激するな！」

「まじっすか？」

宙づり後藤が、信じられないという顔をしたが、指揮官の決断には逆らえない。

前田と横井が引き下がると、クレーンから下ろされた後藤も二人に従った。縦原も、塞《ふさ》がれていた建物の下側にある斜坑から外にぬけだしているだろう。

あっさり引きあげた入国警備官を見送りながら、高校生たちはホッと息をついた。

壮馬は、「あっ！」と昨晩の巻き上げ室での作戦会議を思い出す。

守は、この『爆発詐欺』の作戦も提案していたのだ。スマホとポータブルスピーカーを使って、アプリのサイレンを鳴らすという作戦だ。うまくいくわけないと、壮馬は却下したが……。

「綾〜っ！」

震える手でトーチのガスを止め、ぐったりとしてひざをつきそうになった綾を、駆けこんできた香織が受け止めた。

「香織……怖かった……」

フッとほほ笑んだ香織が「もう大丈夫……」と綾を抱きしめる。

キャットウォークを回ってきた守や紗希たちも、二人を見守っていた。

なかでもマレットは、ここまでしてくれるなんて……と不思議そうに綾と香織を見つめていた。この人たちなら信じられるかもしれない……。少年は、隣にいる守をそっと見上げて可愛らしい笑みを浮かべた。

壮馬が守に聞いた。

「爆発詐欺のやつ、鈴原の指示？」

「俺はなにも伝えてません。俺が昨日言ってたこと……千代野さん、ちゃんと聞いてくれてたんだ……」

「迫真過ぎて、一瞬本気かと思ったぜ」

「俺もです……千代野さん、昔から本番には強いんですよ」

勝利の余韻《よいん》

「かんぱ〜い！」

事務室の蛍光灯の下で、五つのコップがポンと合わさる。

向かい合わせの長椅子に陣取った守たちは、ジュースで勝利を祝っていた。

充電中のスマホは、ラジオアプリを起動してある。スピーカーからはノリのいい曲が流れ、誰も見ていないアプリの画面では、遠く離れた南の海上で台風が発生したことを告げるニュースがゆっくりとスクロールしていく。

自分たちの力で大人たちを追いはらった興奮は、なかなか冷めそうになかった。

乾杯した守、壮馬、紗希、香織に綾の五人は、冷たいジュースを飲み干した。

綾と香織の間にちょこんと座っているマレットは、とっくに飲んでいたし、博人は博人で背中合わせに置かれた長椅子で一人だけ落ちこんでいる。

プハーッと息をつき、満足げに笑っている壮馬に、紗希が言った。

「私たち、すごくない？」

「あんなにうまくいくとはね～。綾にかんぱ～い」

香織も上機嫌で、綾にコップをつきだす。

綾は困ったように首をふる。

「私は守くんの話を聞いてただけで……」

「確かに、一番がんばったのは鈴原かもな」

壮馬が守の肩を小突いて言った。

なんとかすると言った通り、守は一晩のうちに入国警備官の侵入箇所を予測し、対処方法や分担を決めてキャンプを守り切った。まさに有言実行というやつ……。

「おまえの作戦には感心したわ」

まじめな顔で壮馬が「参った」と頭を下げたので、守は困ってしまった。

「ありがとう、でも緒形くんだって――」

「壮馬――」

「え？」

「壮馬でいいよ、守っ」

そう言って壮馬がニッと笑う。

「……じゃあ、壮馬くん」

「くん、いらねーよ」

そんな男の友情――的なやりとりを、楽しそうに眺める香織と綾。

「お疲れさ～ん」

紗希は、乾杯に加わらなかった博人にコップを差し出した。

コップを見るだけで、博人は受け取ろうとしない。

「……僕は足を引っぱっただけだ」

「なに言ってんの。ヒロくん、頑張ったじゃん」

だまされてやってきて、帰るつもりだったのに博人も作戦に参加した――それだけで紗希は嬉《うれ》しかったのだ。

冗談めかしているけれど本気で励ましてくれている……そう感じた博人が、フッと肩の力をぬいたとき、後ろの長椅子で守のスマホから呼び出し音が響いた。

「玉すだれさんだ」

付き合いも長く、信頼できる『日本史・世界史　友の会』コミュの面々には、今回のことも簡単に伝えてあったのだ。

「玉すだれ？」と壮馬が聞いた。

「チャット仲間のおばあちゃん。楠洋《なんよう》市の近くに住んでるんだって」

「ナンヨーシティ！」

突然、マレットが声を上げた。驚いて身を乗り出し、守を見つめる。

「なに？」

綾に聞かれ、守はうなずいた。

「タイ人街があるんです。日本にいるタイ人の情報はそこに集まる」

「！……そこでマレットのご両親のことを聞けば！」

「はい」

二人のやりとりを聞いて、マレットは今までにない明るい顔になった。

その頭をちょんとこづいて、香織がほほ笑む。

「こういうときは、『ありがとう』って言うんだよ」

「お、おまえらのせいでひどいめにあったんだ。それくらい当然だ！」と強がるマレット。

「こら〜。お礼の言えない子はダメだぞ〜」と紗希。

マレットとの間にあった険悪なムードは、すっかりなくなっていた。

「……でも、これからどうするの？　きっとまた明日《あした》も来るよ？」

ふと真顔に戻って、香織が言った。

マレットがここにいる以上、入国管理局はあきらめないだろう。道も封鎖されているから逃げるのも難しい。

「大丈夫、守先生には次の作戦がある。な？」

壮馬にそう言われた守は、顔を見合わせてうなずいた。

そう、明日のために——今夜のうちに打っておく手があった。

DAY3　作戦

次の作戦

朝の山道――。

入国管理局の青と白に塗られた車を走らせながら、後藤が言った。

「なんです？　この御一行様は？」

「先日辞職した地元の議員様と、そこから仕事もらってる土建会社だと」

助手席の前田が答える。

石炭工場へ向かう彼らの前には、黒塗りの高級車を先頭にワゴンやトラックなど、五台もの自動車が列を作っていた。

なにかしらコネを使って割りこんできたのだろうが、理由となると前田にもさっぱりわからない。石炭工場跡地の利権でも絡んでいるのだろうか……？

一方、先を行く高級車では、娘に一杯食わされた千代野秀雄がイラついていた。

「綾め……こんな近くに隠れていたとはな」

「カードの購入履歴がフェイクとは思いませんでしたね……」

助手席の麻川が、後部座席の秀雄に相づちを打つ。

「先生、なぜうちの連中を？」

隣に座っている建設事務所の社長、山咲が聞いた。香織の父である山咲は、太って尊大な秀雄とは対照的で、線の細いまじめそうな男だった。

山咲が「うちの連中」と言ったのは、後ろを走るワゴン車やトラックに乗った社員たちのことだった。

腕組みした秀雄が、前を見つめたまま答えた。

「後任の件もある。道警には借りを作りたくない」

自分の娘を連れ戻させるのに、うちの社員を使うつもりなのか……。

「私とおまえの仲だ。やるな？」と秀雄。

「はあ、しかし……」

山咲が言葉に詰まると、彼はさらに強い口調で続けた。

「次の入札がどうなってもいいのか？」

きわどい話題に、山咲がハッと息をのむ。

運転中の本多も助手席の麻川も、聞こえないふりをしていた。

秀雄には、これまでにも何かと『便宜《べんぎ》』をはかってもらっている。もちろん、入札でそんなことをするのは重大なルール違反なのだが……。

山咲の会社は、千代野議員とコネを作ったことで倒産の危機をまぬがれたのだ。後任の議員にも『便宜』を引き継いでもらわなければ、家族も社員も暮らしていけなくなってしまう……。

念を押すように秀雄が言い直した。

「ここじゃ公共事業くらいしか大きな仕事はない。違うか？」

「いえ……」

「後任には私からちゃんと言っといてやる。おまえたちでなんとかしろ」

「はい……」

「人目にだけは気をつけろ。娘が家出だなんて、都議選でどう影響するかわかったもんじゃない」

秀雄がにらみをきかせたとき、運転席の本多が道の途中でブレーキを踏んだ。

山道のどん詰まり、工場の手前に何台もの車が停まっていたからだ。立ち入り禁止の柵《さく》の前に人垣ができて、建物を眺めたり、写真を撮ったりしている。入国管理局の職員ではない、一般人だ。それもこんなに大勢……？

「なんだ？」

手前で車を停め、本多が窓を開けて顔を出すと「すみませーん」と声がした。

ショルダーバッグに手をやりながら、若い女性が近づいてくる。

彼女の後ろには、カメラを手にした男性もいる。

女性のほうが、小さな録音機を手にして言った。

「バズネットニュースです。皆さんも、こちらの工場を見に来られたんですか？」

「バズ!?」と本多。

「ネット!?」これは麻川。

「ニュース……!?」

後部座席で秀雄もギョッとする。報道を警戒するのは政治家の本能のようなものだ。

女性レポーターは、手近の本多に、話題になった動画を説明した。

「昨晩アップされたこの動画が、いま一気に拡散して話題になっているんです」

リストのトップに上がっているから、問題の動画はスマホで簡単に確認できた。

このために作られたらしい、プロフィールにたんこちゃんの画像を使ったアカウントから、SNSに上げられた動画――それは、昨日の石炭工場での戦いを録画し、編集したものだった。

ナッツの散弾をくらい、無様にトロッコに転げ落ち、去っていくビーバー面――。

雨どいにしがみついて燃え上がるも、砂をかぶって鎮火されちゃうゴリラ面――。

モジャモジャ頭のウマ面は、クレーンで吊《つる》され、じたばたして泣きわめく――。

縦原に横井、後藤たちの顔が、ふざけた動物のスタンプで隠され、動物の顔がアニメで動いたり、書き文字や炎のエフェクトで、面白おかしく演出されている。

車列の最後尾では、同じようにスマホで動画を確認した後藤が、ウマ面にされた自分の醜態に頬をひくつかせていた。

笑みを浮かべたレポーターが、本多に録音機を向ける。

「皆さんもそちらをご覧になってここに来たのかと……あら？」

本多の後ろ、窓のスモークで見えなかった人物に、レポーターが目をこらす。

「後ろにいるのは……」

まずい！　秀雄は、いち早く危険を察知した。

「出せっ！」

この判断力がなければ何期も議員は続けられない。思わずふりかえった本多に、

「早くっ！」と怒鳴る。

ようやく気づいた本多が車を素早く後退させた。

「今のって、千代野秀雄よね……？」

「なんでここに……?」

置き去りにされたレポーターとカメラマンは、顔を見合わせた。

＊　＊　＊

守たち七人は、下の騒ぎを屋上からこっそりと見物していた。

今日も暑くなりそうだったが、そよ風は心地よく吹いて、キクニガナの花をやさしくそよがせていく。

「見て！　帰ってくよ！」

マレットが、屋上の縁《へり》に立って山道を指さした。

工場の手前まできた五台ほどの「それらしい車」が、Uターンして林の中へと引きあげていくところだ。

「なんで……?」

紗希が首を傾げると、守はニッコリ笑った。

「これだけ人目があれば、強引な手は打ちにくくなりますからね」

ネットに動画をアップしたのは正解だった。操車場の中だけではなく、工場のすぐそばにそびえる巨大なズリ山や、里宮町の風景も入れておいたので、動画を見た人たちが場所を特定し、野次馬となって現地に押しかけてきたのだ。

「守ちん策士っぽい！」

感心する紗希に、守は力強くうなずく。

「昔フランス軍が……」

と、始まりかけたうんちくを遮り、壮馬が守の肩に腕を回した。

「いーよ、そういうのは！　なんか長くなりそうだからさ」

壮馬がニヤリと笑うと、マレットは楽しそうに声を上げて笑いだす。

その間にも、昨日の戦いを編集したあの動画はネットを通じて広がり続けていた。


東京のカフェでＯＬたちが――。

地下鉄や、職場のパソコンで、サラリーマンたちが――。

大阪のバーガー屋でも、沖縄の民宿でも、岩手の畑でも、日本各地で――。

幼稚園児からお年寄りまでみんなが、後藤の吊されっぷりに笑い、立て籠《こ》もっている集団を「凄《すご》いことになってるな～」と興味津々で見物していた。

そして、動画を見たほとんどの人が、同じ疑問を口にしたのだ。

「これなんて読むの～？」と……。

ＳＮＳに動画を上げているたんこちゃんのアカウント名は、日本語でもアルファベットでもない、見慣れない外国の文字だった。その下に【ここは僕らの解放区。北海道里宮町から愛を込めて】と日本語のプロフィールが書いてある。

ちなみに、ユーザー名は【@le 9 Thermidor an II】とフランス語だ。これは歴史好きの守の趣味で、フランス革命のテルミドールのクーデターの日付だった。

誰も読めない謎のアカウント名……。だが、動画が拡散するにつれて、このアカウント名の文字が「タイ語」だと気づく人も現れた。

何語かがわかれば、小学生でもネットの機能で翻訳はできる。

みんなが注目している動画だけに、翻訳した結果も瞬く間に拡散していった。

【マレットは大丈夫】

そう。守のつけたアカウント名は、少年の両親に向けたメッセージだった……。

DAY4　傷心

キクニガナの花畑で……

――マレットってなに?
――知らね
――解放区とか書いてあるし
――何起こってんだよ、里宮町
――割と面白そうだよね
――誰か詳細教えて～
石炭工場の空撮画像を撮影しながら現地から実況している動画サイトに、次々とコメントが書きこまれていく。
――この工場の中では、今も子どもたちが立て籠もっていると思われます!

実況している若者は、石炭工場を前に楽しそうに報告していた。

動画が公開されてすでに丸一日以上経っているが、『北海道の石炭工場立て籠もり事件』に対するネットユーザーの熱狂は、更にヒートアップしていた。

千代野家の応接室では——。秀雄が爆発寸前という顔でソファに座っていた。

朝から対策を練ろうと秘書二人に調べさせているが、自分からは実況を見ようともしない。

麻川はノートパソコンで、本多はタブレットで、それぞれ実況を確認中だった。

本多が感心したようにつぶやく。

「うまくバズらせましたね。大衆を味方につけましたか」

「暇人だらけだ、この国は」

秀雄は、フンと鼻を鳴らして吐き捨てるように言った。

バズる？　なんだか知らんがこんなものに群がって、これだからネットは……。

「道警が動くのは時間の問題です。急がないと色々と厄介ですよ」

「そんなことはわかっとる！」

タブレットに目を落としたまま話す本多にイラつき、秀雄はテーブルを叩《たた》いた。

こうしてネットの連中が待ち構えていては、山咲の部下さえ表立っては動かせない。

綾が警察に補導されて、マスコミに知られでもしたら、おしまいだ！

と、テーブルに置いた携帯電話が、ブルルッと着信を告げる。

発信元が誰か確認した秀雄は、あわてて電話に出た。

「これは柴山先生！　ご無沙汰《ぶさた》しております！」

ピンと背筋を伸ばした秀雄は、急に改まった口調で言った。

電話の相手は、秀雄を東京に呼んでくれた国会議員の柴山だ。

「予定日を過ぎてもこちらに現れないのはそういう理由でしたか……後任にあなたを推薦した私の立場もある。悪目立ちは避けてくださいよ？」

柴山はやんわり釘《くぎ》をさしている感じだったが、秀雄は「はいはい、それはもうご心配には及びません。ええ……」と、ひたすら低姿勢で答えている。

その間に、石炭工場の実況は、空撮から工場を背景にした自撮りに変わっていた。

――今もこの工場の中には、動画の撮影者たちがいるんでしょうか？

――周囲に大人たちの姿はありません
「ん？」

画像を眺めていた本多の目が、一点に吸い寄せられた。

じっと見つめたまま、動画の一部――立坑櫓《たてこうやぐら》の上部を拡大する。

巻き上げ滑車を見つめる本多の目が、タブレットの光を反射してキラッと光った。

「はい。それでは。はい！　失礼いたします……」

電話の相手に深々と頭を下げて秀雄が電話を切る。

自分を見ている麻川を、秀雄はギロッとにらみつけた。

「何を見ている」

「えっ⁉　いえ……」と焦る麻川。

「あの～」

二人のやりとりを気にもせず、本多がゆっくりと手を挙げた。

なんだ？　と、秀雄が目をやると、しれっとした顔で本多は言った。

「誰にも気づかれない入口、見つけたかもしれません」


そのころ、山咲建設の事務所では――。

「ザキさん！　これってまさか……⁉」

くり返し動画を見ていた社員の倉田《くらた》が、山咲にスマホの画面を突き出す。

入国管理局の後藤がつり上げられたシーンでクレーンを操作している女性の映像――。

「⁉」

山咲の手を離れた缶コーヒーが、床に当たって耳障りな音を響かせた。

信じられないという顔でスマホを見つめる山咲。

クレーンのリモコンを慣れた手つきで操る若い女性は――。

ネコのスタンプで顔を隠してはいるが、しょっちゅう会社に出入りしている人物だから、倉田にはすぐにわかったのだ。

もちろん、父親である山咲にも……。

「……か……香織……？」

＊　　＊　　＊

ぬけるような青空に、そびえる立坑櫓――。

かすかにゆれる、キクニガナの花――。

背後にそびえている黒く湿ったズリ山――。

屋上には、そこかしこに夕立の名残の水たまりが点在し、青空と可憐《かれん》な花を映してきらめている。

二日前に発生した大型の台風がゆっくりと北上を続けているらしいが、今日も『解放区』は良い天気で、屋上を吹く風は清々《すがすが》しかった。

【漠無芭愚：孫と一緒に動画見たぞい！】

【一色：ニュースでもやってた！　まるで合戦じゃな！】

たしかに合戦だし、歴史の知識は役に立ったけど……。

一人で屋上の縁に腰かけ、『日本史・世界史　友の会』のチャットを眺めながら、守は苦笑した。

ピロン！　新しい書き込みを告げる音――。

「玉すだれさん……」

【玉すだれ：随分と大胆なことしたもんね。ニュースにしちゃうなんて】

ピピピロン！

【漠無芭愚：マモルくんもいつのまにか漢《おとこ》になったんじゃなあ】

【涅槃：笑止！】

【一色：この調子でチヨノさんに告白じゃ♡】

【涅槃：告白♡　告白♡】

【漠無芭愚：ガンバじゃマモルくん！】

「ん～、まずかったかな……」

お年寄りに作戦を話したことがまずいのではない。

動画の効果か、昨日も今日も入管《にゅうかん》の大人たちは動きを見せていない。

でも……ここまで大さわぎになると、さすがに目立ちすぎだ。

【まずかったかな？】

口をついて出た言葉をそのまま、守はチャットにも送った。

ピロン！　ピロン！

【玉すだれ：いいんじゃない？　私も若い頃は無茶したものよ】

【玉すだれ：戦車の大砲、ぶっ放したりね！　💣💣💣】

二つめの物騒な書きこみの後には、爆弾が爆発する絵文字が踊っている。

「えー……玉すだれさんって歳いくつなの……？」

日本軍の戦車に乗っていたなら相当な歳だし、その時代の軍隊に女性は……と、守が苦笑していると、さらにピロン！　と音がした。

【玉すだれ：でも、おかげで話は早かったわ。
　タイの人たちのコミュニティーでも話題になってて。
　あのアカウント名、いいアイディアね！】

この人に褒められると、なんだか誇らしい気持ちになる。

守が微笑んだとき、スッと画面に影が映《うつ》った。

「これが玉すだれさん？」

はっ？　と顔を上げた守は、目の前にいた綾に驚いて飛びのいた。

「ちっ!?　千代野さあああああ――うあああ!?」

途中から、叫びは悲鳴に変わった。屋上の縁に足を引っかけた守は、バランスを失い、地面まで真っ逆さまに落っこちそうになったのだ。

「あぶないっ！」

間一髪のところで、綾が両手で、はっしと守の右手を捕まえた。

なんとか引っぱられ、体勢を立て直す。

「……あ、新しいニュースを提供するところだった……！」

顔を引きつらせていた守は、つないだ右手に気づいてハッとした。

いつもとちがって髪をポニーテールにしている綾が、両手でギュッと守の手を握りしめ、心配そうにこちらを見つめている。

「ごめんね……大丈夫？」

「だっ……大丈夫！　むしろ嬉《うれ》しいです！」

「嬉しい？」

「えっ……や、ほら……」

なんとか『嬉しいこと』を思いついて、ハッとなる。

「ムービー！」

「……？」と、綾が不思議そうな顔をする。

「だから、あの……アカウント名の……マレット・サバーイディー」

じっとこっちを見つめている綾がまぶしくて、ドキドキが止まらない。

守は、すうっと目線をそらして続けた。

「マレットの両親に気づいてもらえないかと思ってつけたけど、なんかうまくいきそうで」

「すごい！　さすが守くんね！」

ゆっくりと目線を戻し、守は綾を見つめた。

綾は自分のことのように喜んで、瞳《ひとみ》を輝かせている。

やっぱり、千代野さんは素敵な人だ……。

まだ握っていた手に、きゅっと力がこもる。

「千代野さん……」

「ん？」

「……自分でも、なんで、こんなこと聞くんだろうって……思うんだけど……」

屋上を風が吹き抜けて、ポニーテールの髪がゆれる。

もう守はドキドキしていなかった。伏し目がちに、コンクリートのすき間に咲いている花を見つめ、落ち着いて静かな口調で問いかける。

「千代野さんには、好きな人って、いますか？」

「⁉」

不意を突かれた綾が、ハッと息を止めた。

上空を吹く風がどこからか雲を運んできた。日の光がさえぎられ、さっきまでの青空がスゥッと薄暗くなる。

キクニガナのそよぐ花畑で、手をつないだまま向かい合う二人――。

見ているのは遠くに浮かぶ入道雲だけだった。

「……いるよ……」

小さくうなずいた綾が、どこか遠くを見つめる。

「でもダメなの。好きになっちゃいけない人だから」

「……え……？」

どこかあきらめたような顔をした綾が、ふっと笑みを浮かべる。

「私のホントの気持ちを伝えたら……きっと、その人には迷惑になっちゃう。今の関係が壊れるくらいなら……自分の気持ちに嘘をついていたほうがいいの……」

綾とつながれていた守の手は力を失い、スッと離れていった。

それじゃあ、まるっきり僕と一緒じゃないか……。

だけど、彼女には好きな人がいる……。僕じゃない誰かが……。

それだけは確かなこと……。

「……黙っているのは、悪いことじゃないですよ……」

「……？」

うつむいていた綾が、顔を上げる。

守も顔を上げると、にっこりと笑ってみせた。

「自分の気持ちに嘘をつくのは……俺も、得意なんです」

「守くん……？」

初めからそうだったみたいに雲が流れ、明るい夏の日差しが照りつけ始める。

風は、いつの間にかやんでいた。

「アヤち～ん！　ちょっとこっち手伝って～！」

離れた立坑櫓《たてこうやぐら》の扉から紗希が顔を出し、ぶんぶんと手を振る。

「あ、うん！」

紗希に返事をした綾が「じゃ、私行くね」とふり返ったとき、守は自分の気持ちに嘘をついて、「うん」と笑顔でうなずいた。

七日間、勝手な大人の都合から、憧《あこが》れの人を守って――。

彼女のバースデーにプレゼントを渡して告白する――。

そんな、夏休み六日前に思いついたとんでもない計画――。

だけど……。

歴史にも計画通りに行かなかったことなんて、たくさんあるよな……。

守はポケットに手をやった。

取り出したのは、肌身離さず持っていた小箱だ。これも、今はもう……。

コツッ！　コンクリートの床に、小箱の落ちる乾いた音がした。

捨てられた小箱は、跳ねて転がって……。

ふたが開いて、綾の好きなクマのキャラクターのキーホルダーが露《あら》わになっていたが、立坑櫓へと肩を落として歩き出した守は気づいていなかった。

「マモル……」

立坑櫓のてっぺんからキクニガナの花畑を見下ろしていたマレットだけが、守の落としていった小箱に気づいていた。

アパートを眺めながら

山の向こうに日が沈むと、実況の野次馬たちも大半は引きあげ、『解放区』は静けさを取りもどした。

星空の下でのキャンプ飯も四日目となると手慣れたもので、普通にサマーキャンプを楽しんでいるかのようだった。

そろそろ大人たちも、なにか対応策を打ちだしてくるだろう……。

だが、高校生たちもマレットも、この二日間をむだには過ごしていない。次の作戦が着々と進行中だった。

明日《あした》も早起きして、天気が良いうちにやることがあるので、夕食のあとは、みんな早く部屋に引きあげたのだが……。

満天の星の下、立坑櫓のてっぺんに向かったマレットは、細い通路についた柵《さく》に腰かけ、森の向こうに見える町を見下ろしていた。

炭鉱住宅の建ち並ぶ中に、三角屋根のアパートが見える。つい最近まで、父や母と暮らしていた場所だった。

「ここにいたんだ——」

不意に下から話しかけられ、マレットは辺りを見回した。

一段下、巻き上げ滑車の脇から香織が見上げている。

「……カオリ……」

「まだ寝ないの？」

「お父さんとお母さんが戻ってくるかもしれない……」

「こんな夜中に？」

そう言って、香織はマレットのいる側へと滑車の脇を回った。

「………」

マレットは答えず、プイッとそっぽを向く。三十メートル近い高みの手すりに腰かけ、構うなとばかりに背中を丸めて……。

香織はやれやれという顔をすると、柱についている細いはしごを上っていった。

「……じゃあ、日本には去年来たばかりなんだ」

「うん」

手すりにひじをついた香織と、隣で手すりに腰かけているマレットは、二人して三角屋根のアパートを見つめていた。

マレットは、家族で日本に来るまでの話を、香織にぽつぽつと語ってくれた。

「いい仕事あるって聞いたけど、ウソだった。お父さんもお母さんもみんな苦労した……」

「この町じゃねえ」

香織はため息まじりに言った。

「あたしたちの周りだって、みんな仕事なくて都会に出てってるのに」

「おまえたちも？」

マレットは驚いたように香織を見つめた。

助けてはくれたけど、こいつらも日本人だ。自分の苦しみまではわからない……今まで、そう思っていたから。

「カオリのお父さんとお母さんも、仕事見つけるの、苦労した？」

「…………」

マレットの問いに、今度は香織が黙ってしまった。

遠い目をして、少し前のことを思い起こす。

仕事を見つける苦労か……。あたしも同じようなものかも……。

「……カオリ？」

「してないしてない！　苦労なんて！」

心配そうにのぞきこんだマレットに、香織は無理して明るく笑ってみせた。

グッと手すりをつかんで、星空を仰ぐ。

「やだよそんなの、カッコ悪い」

「マレットのお父さんたち、カッコ悪くないいっ!!」

プ～ッと頬を膨らませるマレット。

「あっ……ゴメン」

そうだよね……。

苦労するのは、幸せにしたい人がいるから。全然、カッコ悪くなんかない……。

香織が遠い目をして黙っていると、マレットが言った。

「……おまえたちにもいろいろあるんだな」

「ん……まあね」

また星空を見上げて、香織はつぶやいた。

「ホント、やんなっちゃうよ……」

DAY5　すれ違い

秘密の侵入口

森の斜面に、トンネルの入口がぽっかりと口を開けていた。

炭鉱が現役だったころには斜坑の入口だった場所で、しっかりと石材で補強されているが、周りはすっかり森になっている。

「里宮石炭工場の下には、昔の坑道が今も蟻の巣のように張り巡らされています」

本多は、説明しながら入口に近づいた。

ここが昨日思いついた「誰にも気づかれない入口」だった。古い地図を調べて見当をつけ、ようやく見つけ出したのだ。

秀雄と、彼に呼び出された山咲社長や作業着姿の山咲建設の社員たちも、斜坑を遠巻きにして見ている。

「ここから侵入すれば、野次馬に気づかれず中に入りこめるはずですが……」

期待をこめて中をのぞいた本多は、残念そうに首を振った。

「こりゃダメだ。ほとんど塞《ふさ》がってる」

見つかった斜坑は半ば崩れかけていて、坑道も半分以上が土に埋まっていた。しゃがまないと進めない箇所もある。

「もう何年も前に閉山したんだ。どこの穴も埋まっちまってるよ」

山咲建設の社員で、大柄で元ヤンキーっぽい倉田が言った。

「じゃあ、坑道を通って外に逃げられる可能性もないわけか……」

本多は入口にしゃがみこんで中をのぞきながらつぶやいた。

隣に立って穴の奥をのぞきこんでいた秀雄に、本多が言った。

「櫓《やぐら》の滑車が回っていたのは確認したんです。坑道へ降りるエレベーターが作動しているのは間違いありません」

だから、坑道をたどってエレベーターまで行き着けば操車場に侵入できる――という思いつきだったが、こんなに埋まっていてはどうしようもない。途中で落盤している可能性もある。

本多が考えこんでいると、秀雄がフンと鼻を鳴らして後ろをふり向いた。

「山咲、入れ」

この穴に？　驚く山咲をかばうようにして、倉田が前に出る。

「バカ言うな！」

「入れないすき間じゃないだろう。エレベーターが動いているならなおさらだ」

「先生！　さすがに危険すぎます」

秀雄の言葉に、本多はあわてて立ち上がった。

だが、彼は若僧の意見など聞きはしない。

「山咲ぃ！　おまえんとこの娘もあの中にいるらしいじゃないか」

「えっ⁉」

知らなかった本多が驚いている間に、秀雄は山咲に詰め寄った。

「あの娘が綾をたぶらかしたんじゃないだろうな……？」

「先生……」

「子どもの醜態は親の責任だ。何を意味するかわかるな？」

倉田を先頭に社員たちが気色ばんだが、社長の山咲は逆らえない。

「行け」

秀雄は当たり前のように命じた。

この人、マジかよ――。

本多は立場の弱い相手に無茶を強要する議員に嫌悪感を憶《おぼ》えたが、秘書の身ではどうすることもできない。ネクタイの乱れを直し、無表情を保つしかなかった。

そのころ――。

『解放区』の屋上では、穏やかな天気の下、のんびりと作戦が進行中だった。

動画のアクセス数は増え続け、工場に集まる野次馬の数も減りそうにない。立坑櫓の最上段で見張っている壮馬には、それがはっきりとわかっていた。

入国管理局の職員も、観客の目を気にして工場の周りを固めているだけ――今日も膠着《こうちゃく》状態が続いている。

その間に高校生たちが進めているのは、攻防戦のあとの作戦会議で、動画のアップロードとはべつに守が提案した作戦だった。

屋上に長々と寝かせた細長い袋――。

大きなテトロンシートを密封して貼り合わせたもので、直径が一メートル以上、長さは四～五メートルはある。その袋が膨らんでいくところだった。

膨らむにつれて、先端がグウッと斜めに持ち上がる。

反対側の端で袋にさしこんだパイプを押さえていた博人が、あわてて怒鳴った。

「バカ！　ちゃんと押さえてろ！」

脇でボーッとしていた紗希が、大あわてで飛びつき、なんとか先端を押さえつける。

「バカバカゆーな！」

「ったく……」

　ホッとしながら、博人はさしこんでいるパイプの基部をふり返る。

　パイプはドラム缶の上から伸びる煙突につながっていて、そこから出る気体を集めていた。缶の下には薪《まき》がくべられ、二重底で密閉された缶の上部では、石炭が蒸し焼きにされている。

「鈴原め、とんでもないこと考えやがって」

「ヤバいよね。これも本で読んだ知識なのかな……」

　袋の向こうに隠れて見えなくなった紗希の声がする。

　守の考えたものを、香織がドラム缶を溶接して作ってしまった。

　博人だって、こうして現物を見せられれば何なのか理解できるが（たぶん、紗希は半分くらいしか理解していない）、これを思いつき、実行することが驚きなのだ。こんなのまるで冒険だ。小説みたいだ。

　膨らんだ袋の向こうから紗希がひょいっと顔を出し、無邪気に笑った。

「でも、頭の良さならヒロくんが一番だと思うよ！　ステータス、〝勉強〟に全振りしてるもんね！」

「バカ！」

「またバカって言ったー！」

ぷんすか怒っている幼なじみを無視して、博人は作業に戻った。

たぶん、紗希は褒めてるつもりなんだろう。でも……。

「……僕は……そんな自分が大嫌いなんだ……」

すれ違う心

「はぁ……」

操車場をとぼとぼ歩きながら、守がため息をつく。

一緒にケージに向かうマレットは、守の様子がおかしいと気づいていた。

「おい、こっちまで暗くなるだろ」

「はぁ～……」

「やる気あるのか!? シートと石炭の補充！」

怒鳴ってもダメだった。守がネットで色々と調べて提案し、乗り気で進めてきた作戦なのに、今日は作業を人に任せてばっかりだ。

ドラム缶で蒸し焼きにする石炭も足りないし、ふくらませる袋も、壮馬たちが巻き上げ室で貼り合わせているやつができれば材料が足りなくなる。

まったく、こっちがため息つきたいよ！

ムスッとして、マレットは『ケージ4』の鉄格子のシャッターを開けようと手をかけた。


そのころ、地下深くでは真っ暗闇に六つの明かりがゆれ動いていた。

「ひどい道ですね」

倉田がつぶやくと、隣を歩く山咲が渋い顔をする。

「おまえたちまで、ついてくることなかったんだ」

ヘルメットのライトで坑道の地図を照らしながら、山咲は言った。

「ザキさん一人で行かせられるわけないじゃないですか！」と倉田。

彼だけでなく、山咲は若い社員たちに好かれている。

「メチャクチャですよ、あのクソジジイ」

後ろから、弟分のシンジが怒りの声を上げた。

「そうだな……」

山咲もため息まじりにうなずく。千代野議員の強引さは困ったものだが、会社のためには従うしかない……。

六人が進む坑道は、地圧で床が盛り上がり、レールはひしゃげ、いつ崩れてもおかしくない。そんな中を、全員が腰をかがめた苦しい姿勢で歩き続けて、ようやくフェンスで仕切られた立坑櫓《たてこうやぐら》のある主坑道に出たのだ。

フェンス扉の鍵《かぎ》を強引にこじ開け、エレベーターのケージ前へとたどりつく。

『ケージ3』と『ケージ4』が、六つのヘッドライトに照らし出されていた。

ふたつともシャッターが閉まっていたが、中にケージがあるのは『ケージ3』のほうだけだ。

「これどうやって昇るんですか?」とシンジ。

「そっちのケージを降ろしたら、連動してこっちが上がる」

山咲が並んだケージを指して言った。

シンジの相棒の若者、ケンジが「へえ」と感心する。

「社長、詳しいっすね」

「ん……」

部下をふり返った山咲は苦笑した。

「昔、ここで働いていたんだ」

「えーっ⁉」

驚いて上げた部下たちの大声が、立坑に反響してワーンと響いた——。

「おい、今の聞こえた？」

シャッターを開けていたマレットは、手を止めて守を見やった。

返事はない。守は気のぬけたような動きで、ケージの準備完了を報らせるスイッチをつまんで、マレットがケージに乗るのを待っている。

「マモルッ！」

声を荒らげると、ようやく守がぼんやりとこっちを向いた。

なんなんだよ⁉　イラッときたマレットはポケットを探ると、昨日屋上で拾ったクマのキーホルダーを「んっ！」と突き出してみせた。

「……⁉　それっ？」と、ようやく守が反応する。

「おまえおかしい！　昨日から、ため息ばかり」

守が取ろうと手を伸ばしてきたので、マレットは素早くキーホルダーをポケットにしまってから言った。

「アヤとなにがあった？」

「なっ……何もないよ！」

「ホントか？」

「だいたい、なんでマレットがそれ持ってるんだよ」

焦った守が詰め寄ろうとしたとき——。綾の声がした。

「守くん？」

キャットウォークから綾がこっちを見下ろしている。二人の様子がおかしいのに気がついたらしい。

あわてて目線をそらした守は、スイッチを4に切り替え、マレットを押しこむようにして『ケージ4』のケージに乗りこんだ。

巻き上げ室内の操縦室では、香織が『四号巻』のランプが点《つ》いたのを確認し、慣れた手つきでレバーを引く。

「待てって！　下から何か聞こえたって言ったろ⁉」

マレットはそう言い張ったが、二人を乗せたケージは坑道へと降りていく。

ランタンを灯《とも》しながらぼうっと考えこんでいた守が、下の異変に気づいたのは、『ケージ3』とすれ違う直前だった。

ケージの金網越しに、下から明かりが近づいてきたのだ。

「どういうこと⁉」

「知るか！　もし前のやつらだったら……」

マレットが言いかけたとき、ふたつのケージの金網の壁がすれちがった。

ギラッとこちらを照らす、たくさんのヘッドライト——。

目がくらむ前に、何人もの大人が乗っているのが垣間見《かいまみ》えた。

まさか入国管理局が——と驚いても、どうすることもできない。

二人を乗せたケージは坑道まで下りて止まった。

「どうしよう、俺のせいだ」

ケージを降りた守は、腰につるしたランタンを不安げにゆらしながら、うろうろと坑道を行き来する。

「落ちつけ！」と、マレット。

そうは言っても、既に六人の大人が操車場に入っている。

そうだ！　電話で山咲さんに知らせないと……。

ケージの脇にある直通電話を取ろうとして、受話器を取り落とす。

守は、自分の手がぶるぶると震えているのに気づいた。

ど、どうしたらいい……？

キャットウォークにいた綾は、『ケージ4』のシャッターが開いてぞろぞろ出てくる大人たちにギョッとなった。しかも、そのうちの一人と目が合って——。

「いたぞ！　先生のお嬢さんだ！」

叫んだのは、山咲だった。

パッと踵《きびす》を返した綾は、他の四人がいる巻き上げ室へと駆けこんだ。

「香織！　みんなっ！」

間一髪だった。倉田やシンジ、ケンジなどの四人が一階から階段を上がってきたときには、綾たち五人は操縦室の反対側——巨大な巻き上げ機の後ろで、テトロンシートを奥に押しやって隠れていた。

広い巻き上げ室に大人たちの足音が響く。

と、操縦室の電話が鳴って、彼らが遠ざかる気配がする。守がかけたのか……？

「おまえ頭いーんだから、なんか考えろ」

「無茶言うなッ」

壮馬と博人が小声でやり合う間に、物陰からうかがっていた香織が、綾と紗希をふり返る。

「エレベーターで地下へ逃げよう。人が来たんだから、出られる」

「でも、操作はこの部屋でしか……」と綾。

「あたしがなんとかする」

「……香織」

綾が反対する間も無いまま、香織は動きだしていた。四人にキャットウォークへ逃げるよう指示して、一人で操縦室へと向かっていったのだ。

「……もしもし」

倉田が電話に出ると、「わっ⁉」と声がしてすぐに電話が切れた。

操縦室の前に香織が走り出たのは、そのときだった。

ケンジが声を上げ、倉田もすぐに気がつく。

「香織ちゃん……」

社員たちが操縦室から出て香織に近づく隙に、綾たちは、こっそりと巻き上げ室を脱け出していた。

タラップを下りようとキャットウォークを進むと、回りこんできた山咲ともう一人の社員が、行く手を塞《ふさ》ぐ。

「やべ……」

引き返した壮馬は、早く戻れと後ろの三人をせき立てた。元来た道を引き返し、巻き上げ室の前を通り過ぎたところで、倉田がキャットウォークに顔を出す。

「ザキさん！」

倉田が途中で山咲を呼び止め、香織のいる巻き上げ室を指さした。

キャットウォークは、巻き上げ室の前を過ぎるとすぐに行き止まりなので、綾たちは逃げられまいと思った山咲が立ち止まる。

すると、壮馬が手すりのすき間をすり抜け、下へと飛び降りた――。

もちろん、二階分ぐらい下にある床へではない。キャットウォークの少し下にある、斜めに下りる細いタラップへとジャンプしたのだ。

「来い！」と、タラップから三人を呼ぶ壮馬。

「おい？」無茶だろ――と博人。

「えっえ⁉」やだ怖い――と紗希。

真っ先に動いたのは綾だった。手すりをくぐり、思い切って飛び降りる。

着地でよろけた綾を支えた壮馬が、「早く！」と叫んだ。

「よしなさい！」

心配した山咲が思わず近寄ろうとすると、紗希も覚悟を決めて下へ飛び降りた。

「う……」と迷っている博人。

山咲と一緒にいた社員が迫ってきたので、もう飛び降りる暇はない。

博人は行き止まりまで走って、やけくそ気味に手すりを乗り越えた。その先、壁沿いに伸びたパイプの上を歩こうとして……あっさり、足を滑らせる。

「わっ！」

「ヒロくんっ！」

紗希が悲鳴を上げたが、幸い、床との間に張ってあったネットフェンスにワンバウンドし、博人もなんとか無事に着地していた。

四人は合流し、立坑櫓《たてこうやぐら》のエレベーターへと走る――。

壮馬がスイッチをセットする間に、綾たちは『ケージ３』へと乗りこむ——。

操縦室の前では、香織が、シンジやケンジたち残った社員と向き合っていた。

入管じゃなく、なんでうちのみんなが？　と思いながらも、香織はじりじり回りこむように操縦室の入口へと近づいていく。

「なんで、みんなこんなとこに……」

「こっちのセリフだぜ、香織ちゃん」

困ったように、ケンジとシンジが顔を見合わせる。

その一瞬の隙をついて、香織は操縦室に飛びこんでいた。『三号巻』のランプが点いたのを確認し、レバーをぐんと押し倒す——。

「香織ーっ!!」

綾のさけぶ声は急速に遠ざかり、エレベーターの作動音にかき消された。

地下の坑道では、昇降音とともに空っぽの『ケージ４』が上がっていく——。

「隠れろ守！　また誰かくる！」

マレットが言っても、守はうなだれて座りこんだままだ。

密《ひそ》かに立てた計画は絶望的、その上、『解放区』もこれでおしまいだ——。

守の胸は、そんな捨て鉢な気持ちで一杯になっていた。

「……みんな、捕まったんだ。俺のせいで……」と小声でつぶやく。

「捕まりたくない！　ここで捕まったら、お父さんとお母さんに二度と会えないかもしれない！」

マレットが怒鳴っても、守は黙ったままだった。

「オイッ⁉」

「うるさいなぁっ！　無理だったんだ、俺にはっ！　最初からわかってたんだよ！」

悔しさがこみ上げ、頭を抱えた守は、つかんだ髪をギュッと握りしめた。

「マモル……」

「なのに、勘違いして、調子に乗って‼」

「なんとかしてくれるって言ったじゃないか」

「バカだったんだよ、俺は……」

「うそつきっ‼　おまえも他のやつらと一緒だ！」

大人たちの来た坑道へと走り出したマレットが、フェンス扉の手前でふり返る。

「引き止めろよ！　大人だろ⁉」

「俺は大人じゃない……考えの甘い子どもだ……」

なんだよ、それ！　マモルは味方、唯一の希望、そう思ってたのに……⁉

マレットが涙ぐんだとき、ケージが降りてきた。

「守！　マレット！」

シャッターを開けて出てきたのは、壮馬たちだ。

状況を説明しようとする壮馬を押しのけて、綾が守の肩にすがりついた。

「上に香織が残ってる。助けて守くん！　お願い！」


その頃、巻き上げ室では——。

「ザキさん、こっち。香織ちゃん」

倉田に呼ばれて、山咲社長が入ってきた。

せまい操縦室の入り口をはさんで、見つめ合う山咲親子……。

「お父さん……」

うつむいた香織を見つめたまま、山咲は部下たちに言った。

「先生のお嬢さんが地下に逃げた。ここはいいから行ってくれ」

「あいつらが入れ替わりに上がってきたら？」と、倉田が冷静に言った。

『ケージ4』を降ろせば、さっき降りた『ケージ3』が上がってきてしまう。

もちろん、ここで働いていた山咲は、立坑櫓の仕組みも熟知していた。

「ケージはすれ違いざま、途中で止める。子どもらが乗ってなかったら合図をくれ」

ケージの現在位置は操縦室の目盛りでもわかる。中間で停止させるのは簡単だ。

「下がれが『ツートントン』、上がれが『トントンツー』だ」

「はい」

合図を確認すると、倉田たち五人は足早に立坑櫓へと向かった。

残ったのは、父と娘のふたりだけ……。

「……友だちと一緒に旅行じゃなかったのか？」

父の目が険しくなる。

「どういうことだっ⁉　香織！」

怒鳴られてビクッと首を竦《すく》めたものの、香織はキッと顔を上げて父をにらんだ。

「一緒だよ！　友だちと……綾と一緒だよ！」

「香織……」

フッと、父が肩の力を抜いたように見えた。

「あとは父さんに任せてくれ、悪いようにはしない」

「なにそれ！　綾はどうなるの？」

「明後日《あさって》までに東京で暮らし始めないと、千代野先生は後継者の資格を失う」

綾の気持ちを考えもしないで——と、ムッとする香織。

「そんなの大人の事情じゃない！」

「どの家にも事情がある。うちだって、香織がお嬢さんと親しくなってくれたからこそ……」

ああそうか！　だから、お父さんや会社のみんながここに……？

「やめて！」

涙を浮かべて、香織は叫んだ。

操車場から、合図の音が響いたのはそのときだった。

カーン！　カン！　カン！「下がれ」の合図だ。

ケージの確認ランプも点灯している。

香織と山咲は、ほとんど同時にレバーに飛びついた。香織は必死で抵抗したが、父が力任せにレバーを倒し、ケージが降下していく。

3と4のケージを示す目盛りが中ほどで重なると、山咲はレバーを戻し、ケージを停止させた。

誰も乗っていなかったのか、もう一度、カーン！　カン！　カン！　と「下がれ」の合図が響く。

綾っ！　逃げて！　もう一度、香織がレバーにしがみつく。

「離せ、香織！」

「いや！」

頑張っても、やはり大人の力にはかなわない。

再びレバーが倒されて、ケージは地下へと向かった。

カーン！　カン！　カン！　規則的な金属音――。

塩化ビニールの棒を手にした博人は、「む……っ？」とシャフトを見上げた。

博人は、ケージが降りてくる前に長い棒を反対側のシャッターに引っかけ、鉄格子を開けようとしていた。

マレットがそばで見守っているが、他の四人は守の指示で立て看板や鉄パイプを用意して、降りてくるケージに備えている。

香織を助けるために、守がまた大胆な作戦をひねり出したのだ。

一方、到着直前のケージの中では、倉田が社員たちに指示を出していた。

「降りたら一気に出るぞ」

「はい」

うなずいたシンジやケンジたちが身構える。

だが、ケージが停止した瞬間、彼らは目の前の光景に呆気《あっけ》にとられた。

出むかえたのは、ゆるキャラ『たんこちゃん』だった。いや、正確には『地下650mへようこそ』と描かれたたんこちゃんの立て看板だが――。

「押して！」

守の声と同時に、たんこちゃんの看板がケージ内に突進していった。

「わわわわ」

「押せ！　押せーっ！」

壮馬のかけ声で、看板の後ろから守と博人とマレットも一緒に押しまくる。

まともに押し合ったら勝てない人数だが、完全に不意を突いていた。

足がもつれ、ところてんのようにケージから押し出されてしまう社員たち——。

ケージを占領し、看板を放ると、壮馬が鉄格子をピシャッと閉める。

「うりゃー！」

待ち構えていた紗希が、太めの鉄パイプを鉄格子のすき間に突き通した。これでもうシャッターはスライドしない。大人たちは、坑道の向こう側だ。

「クッ、閉め出された」と倉田。

「押し戻そう！」とシンジ。

おう、とばかりに大人たちがパイプに取りつく。

「押し負けるな！」

ケージの中では、綾以外の五人が鉄パイプをつかんでいた。

「うぐぬぬぬ……！」

相手は屈強な建設会社の社員ばかり。だが鉄パイプは少ししかケージの外には出ていないので、大人たちは持ち手が短くて押しにくい。勝負は、ほぼ互角だった。

「綾ちん、まだ⁉」

必死でパイプを押しながら、紗希が声をかける。

綾はケージの外にある直通電話をかけていた。大人たちを閉め出している間に、香織に知らせてエレベーターを動かしてもらう……という作戦なのだ。

「お願い、香織……」

綾は祈るように受話器を握りしめるが、電話はつながらない。

その間も、大人と子どもの押し合いは続いていた。

「チィッ！　いっそ引っ張れ！」

倉田の指示で「せえの！」と声をかけ、大人たちはパイプを引いた。

急な方向転換に、壮馬も守も「うわっ！」と前のめりになる――。

鉄パイプが外にのびて持ち手が増えると、更に強い力で引っぱられ、形勢は一気に逆転した。

シャッターに押しつけられた壮馬の肩を、すき間から倉田がつかむ。

「守ーっ‼」と壮馬。

「どうすんのーっ⁉」と紗希。

「え？　っと……」

いくら頼られても種切れだった。守にも、もう奥の手は残っていない。

そのとき、博人が突然、パイプを持つ列から離れていった。

「ヒロくん⁉」

「博人、てめっ」

大人たちはここぞとばかりに力をこめ、パイプは更に外へ引き出される。

「うぎゅっ」

壮馬や守たちは、もう持ち手がなくなりそうだ。

倉田が「よーし」と余裕の笑みを浮かべたとき、鉄製の枕木を両手で持った博人が戻ってきた。

「うおおお〜〜！」

雄たけびを上げた博人は、重たい枕木を振りかぶり、ガシャーン！　と鉄格子に叩《たた》きつけた。

驚いた倉田が壮馬から手を離し、壮馬や守たちのパイプを引く手もゆるむ。

「おう⁉」

パイプがケージからすっぽ抜け、力いっぱい引いていたシンジたちは勢いよく後ろへ転がった。

「千代野、乗れ‼」

叫ぶなり、博人は枕木をバットのようにスイングしてケージを殴りつけた。

ガン！　ガン！　ガーン！　大きな音が立坑櫓《たてこうやぐら》の上へと響いていく。

綾が走りこむのと、ケージが上昇を始めるのは、ほぼ同時だった。

疲れ果ててみんなが座りこむ中、博人だけが枕木を杖《つえ》のようにして立っている。

「上がった……？」

紗希が不思議そうにケージを見回した。

博人が肩で息をしながら、小さくうなずく。

「やつらが降りてくる時に音が聞こえた。モールス信号だった。ツートントンはダウンのD……」

「今、叩いたのは？」

「アップのU」

荒い息をつきながら眼鏡をグッと押し上げて、博人は壮馬の質問に答えた。

「わかってくれ香織、しかたないんだ」

古臭い電話のベルが鳴り響いていたとき、山咲は、香織の肩をつかんで操縦室から押し出していた。優しくだが、手には有無を言わさぬ力がこもっている。

坑道から「上がれ」の合図が聞こえたのはそのときだ。

奥へ戻って、山咲がレバーを倒す。巻き取り機が作動してケージが動きだしても、香織はあきらめたように立ちつくしていた。

巻き上げが終わると、父もヘルメットを脱いで操縦室を出てくる。

香織は言った。

「最初はお父さんのためだった……でも、今は本当の友だちなの」

「香織……」

父が、すまなそうにうなずく。

「おまえの気持ちはわかった。けどな、千代野議員に逆らうと仕事が止められる」

そんなことわかってる！　わかってるけど……！

「お父さんは、あたしと仕事のどっちをとるの⁉」

「それはっ……」

涙をためて、答えを待っている香織――。

答えられない父――。

綾が階段を駆け上がってきたのはそのときだ。

「香織！」

「綾……」

慌てて涙をぬぐった香織に、綾が駆け寄る。

「お嬢さん……」

山咲がつぶやいたとき、守や壮馬たちもぞろぞろと上がってきた。

呆気《あっけ》にとられている山咲に、守が声をかける。

「七対一です。降参してください」

たしかに力ずくでは勝てない。

それでも、千代野議員のために交渉を続けるべきだが……。

山咲は抵抗せず、だまって両手を挙げた。


操車場裏の分厚い昇降扉が、少しだけ上がって細いすき間をつくる。

そのすき間から腹ばいになって外に出た山咲は、閉まっていく扉の前で、のろのろと起き上がった。

びっくりしたのは、建物を監視していた入国警備官たちだ。

「おい、あんた⁉」

「何している⁉」

後藤や前田のそんな声が飛んでくるなか、山咲は、娘の思いを噛《か》みしめるように、しばらくその場に佇《たたず》んでいた。

下にいる倉田たち五人も、もはや操車場に上がることはできない。入ってきた斜坑から退却するしかなかった。

コムローイ

夜が来た。

七人で大人たちの攻撃を退けたのに、前回のような興奮はない。守や香織は、それぞれ他の人が知らない理由でいつもより口数が少なかったし、壮馬でさえ「やったぜ！」と、はしゃいでいなかった。

作ったコムローイを飛ばそう――夕飯のあとで、そう言いだしたのはマレットだ。

コムローイとは、タイの祭りで、空に飛ばす提灯のような小さな熱気球だった。

天の川がきらめく夜空の下、みんながひとつずつ、針金とビニール袋でできた提《ちょ》灯《うちん》を手にして屋上に集まった。下についた小さな脱脂綿に、ひとつ、またひとつと壮馬が火を点《つ》けていく……。

染みこんだ油が炎をゆらめかせて燃え上がると、円筒形の提灯は、ふわっと暖かな空気で満たされ、おだやかな光が『解放区』の七人を照らし出す。

「コムローイ……」

マレットが、両手の中にある光を見つめて言った。

「タイに伝わるおまじない。苦しいことや辛《つら》いこと、空に運んでくれる……」

目線を感じた守がマレットに目をやると、少年はプイッとそっぽを向いて、「今日は、色々あったからな」とつけ加えた。

「もう飛ぶ？」と、わくわくして待ちきれない様子の紗希。

「中の空気あったまってから。今のうちに、飛ばして欲しい悩み、考える──」

マレットの言葉に、ふと目が合った壮馬と博人は、お互い悩みごとを隠すようにプイッと目をそらす。

綾は、言われた通り、なんの屈託もなく素直に目を閉じて思いを馳《は》せていた。

香織は、そんな綾を見つめ、父とのやりとりを思い出す。父に仕事か自分か無茶な選択を迫ったこと、綾とのこと、不安な気持ちを飛ばしてしまおう……。

そして守は、今日のことを思い出しつつ目を閉じる。大人なのか子どもなのか──。成功か失敗か──。ともかく、この『解放区』を七日目までは……。

屋上が静まりかえったとき、「上げて……」とマレットがささやいた。

みんなの手を離れたコムローイが、ふわりと宙に浮く──。

ゆらゆらと漂い、立坑櫓を越え、高みへと昇る七つの光──。

それは、工場前の見物人やレポーターたちや、入管の後藤や前田たちまで思わず見とれるほど幻想的な光景だった。

マレットが、タイ語で「お母さん……」とつぶやく。

高校生たちも、それぞれの思いを胸に遠ざかる炎の光を見つめていた。

七つの光は、みるみるうちに上空に遠ざかり、星空にとけこんでいく。

コムローイを見上げていた博人は、壮馬がこっちを見ているのに気づいた。

「む？」

「おまえのこと、見直した――」

また茶化《ちゃか》すつもりか？　博人はそう思ったが、壮馬はまじめな顔で続けた。

「――勉強しか取り柄のないやつだと思ってたけど、今日は助けられたわ」

「緒形……」

「今度、バッセン行こうぜ」

ニヤッと笑った壮馬がバッティングのポーズをとった。博人は、「バッセン」がバッティングセンターのことだと気づく。

「ちゃんとしたスイング教えてやる」

「どうしておまえはそう上から目線なんだ！」

そう言って博人が顔をそむけたのは、照れ隠しだ。

二人のやりとりを見て、紗希が「フフッ」と嬉《うれ》しそうにほほ笑む。

香織は、いつの間にか綾が自分を見ているのに気づいた。

「……なに？」

「今日はありがとう。香織、カッコよかった」と綾が微笑む。

こんなとき、いったいどんな顔をしたらいいんだろう……。香織は少し戸惑ってから、ニッと苦笑してみせた。

「綾のためだもん。あたしたち、親友でしょ？」

「親友……」

伏し目がちになった綾は、嬉しいような寂しいような笑みを浮かべる。

コムローイは風に乗って飛び去り、すっかり見えなくなっていた。

「マモルは、自分のこと、子どもだって言うけど……」

守の近くで、マレットが彼にだけ聞こえるように小声でつぶやいた。

「大人みたいに平気でウソつくくらいなら、子どものままでいいと思う」

「ほんと……？」

小さくうなずくマレット。

「だから……」

照れたようにうつむいたマレットが、パッと顔を上げる。

「だから、マモルがウソつきじゃなくて、よかった！」

真剣な目で、素直な言葉をぶつけられて、守は救われたような気がした。

あそこであきらめなくてよかった、そんな気がしたのだ。

＊　＊　＊

「しぶといですね～」

秘書の麻川が言った。

山道に停めた車の外で、秀雄に本多、山咲もコムローイを見上げている。

工場から放たれた七つの光が、彼らには子どもたちの勝利宣言のように見えていた。

斜坑を引き返してきた山咲建設の社員たちは、侵入が失敗したことを秀雄たちに伝え、先に引きあげている。

秀雄と秘書二人は、社長から詳しい話を聞こうと山咲を拾いに工場に寄った。

夜空に上がるコムローイに気づいて車を停めたのは、その帰り道のことだ。

秀雄はいまいましそうに夜空を見上げていた。娘が逆う理由が、さっぱりわからない。なにか理由があったとしても、どうせくだらないことだろうが……。

「ったく、何を意地になっとるんだ」

「若いってことでしょう」

「なにっ？」

「譲れないもののために我《が》を通せるのが、若者の特権ってやつです」

星空に消えていくコムローイに心を奪われたのか、本多が素直な意見を口にした。

「他人事《ひとごと》みたいに言うな！」

激高した秀雄は、いきなり本多の横っ面をガシッと鷲《わし》づかみにして、なぎ払った。

「ちょっと！」

にらみ返した本多の態度に、秀雄が「むっ」と身構える。「本多っ！」と、麻川があわてて後輩をしかり飛ばした。

「なんだ？　本多」と、凄《すご》みを利かす秀雄。

「いえ……すみませんでした」

おかしいのはそっちだろ……とは口に出さず、黙ってネクタイを直した本多は、いつもの冷静さを取りもどした。

麻川が、ほっと胸をなで下ろす。

本多は、諍《いさか》いを所在なげに見ていた山咲に目を向けた。

「山咲さん、中にいた連中の顔は憶《おぼ》えていますか？」

「それはまあ、憶えていますが……」

「それがどうした？」

懲りずに余計なことを言う気か？　と、訝《いぶか》しむ秀雄。

「こちらも大衆を味方につけるんですよ」

「なに？」

べつに「センセー」はわからなくていいさ。これは秘書の仕事だ……と、秀雄には答えず、本多は山咲に向き直った。

「協力、していただきますよ」

本多が動いたのは、深夜、自宅に帰ってからだった。

ネクタイを緩めて缶ビールを開け、ソファにもたれて長いため息をつく。

ローテーブルに投げ出したスマホからは、ラジオアプリの台風情報が流れていた。

〈非常に強い台風十二号は勢力を保ったまま北東に進み、明日朝には北海道に上陸する見込みです。予想される最大瞬間風速は――〉

本多は、おもむろに胸ポケットから一枚の写真を取り出した。

里宮《さとみ》高校の体育祭の、クラス集合写真――。

笑顔で並んでいる二十人くらいの生徒のうち、五人が丸で囲まれている。

守、壮馬、紗希、博人、そして、綾――山咲社長に、工場内で見た生徒をチェックさせたものだ。

「ん？」

本多は、綾の横でピースサインをしているショートカットの女生徒に目を留めた。体操服の胸に「山咲」とある。たぶん、この子は山咲社長の娘だ。

香織は丸で囲まれていない。社長は五人で全員だと証言したが、たしか千代野議員は「おまえんとこの娘もあの中にいるらしいじゃないか」と脅していた。

そうか。山咲さん、娘をかばって……。

罪悪感を覚えながら、本多は動画サイトを開いた。

先にネットを利用したのはきみたちなんだ、悪く思うなよ。

いや、俺は悪者か……。

【@le 9 Thermidor an II】のアカウントで、『解放区』の高校生たちは正攻法のネットの力を使った。まじめな若者が精一杯の知恵を絞った——という感じに。

だが、今から自分がやるのは、どちらかといえば反則行為なのだ……。

今ではすっかり有名になった「入管をむかえ撃つ動画」には、新しいコメントがついていた。

【しかし長引くな～北海道の】【思ったよりやるじゃんって感じ】【そろそろ新しい情報出ないかな】【わかる。燃料欲しいね】

やはり大半は興味本位で、面白い方につく浮ついたコメントが多い。

そこに、本多は「燃料」を投入した——。

【高校生らしいよ、里宮高校の】

【そうなの？】【おまえ誰よ？　ソースは？】【変なのきたｗｗｗ】【わーやっぱ高校生か。迷惑だなあ】

たちまち反応があった。中には「釣られるな」とか「適当なこと言うな」などの冷静な意見もあるが、本多は冷たい目で画面を見つめ、さらに爆弾を投下した。

【今から写真さらします】

集合写真から切り取って加工した、丸で囲まれている守の画像を貼る。

ネット上への「顔出し」に対し、一斉に反応があった。

本多は、さらに画像を貼っていく。綾を除く全員の顔画像、丸のついた壮馬、紗希、博人、そして、丸のついていない香織……。

反応はすさまじかった。五人の外見への無責任な感想や、勝手極まりない憶測、根拠のない誹謗《ひぼう》などが、加速度的に増えていく。そして――。

【終わったなコイツら】【特定班はやく！】【最悪の夏休みになりそうですね】

コメントの流れは、本多の予想通りになっていった。これで、あとは日本中の不特定多数の人間たちが、彼らをバラバラに切り刻んでいく……。

昨日まで持ち上げられていた「痛快な英雄たち」が、「迷惑な若者ども」となって一気に地獄に落ちるのは、時間の問題だった。

DAY6 告白

壊れかけた絆《きずな》

六日目の朝――。

昨日までの青空が一転して、どんよりと厚い雲が垂れ込めていた。

みんなで夜空に飛ばしたコムローイのおかげか、守は気分よく目覚め、トイレの洗面台で顔を洗い、歯ブラシに歯磨き粉をつけながら、先の計画を考えていた。

今日さえ乗り切れば明日はバースデーだ。家出のほうはほぼ成功と言っていい。

告白はしない。今年もあきらめる……っていうか、来年は会えるかどうかもわからないけど。「自分の気持ちに嘘をつくのは悪いことじゃない」なんて千代野さんにも言ってしまった。ぼくも嘘をついたまま見送れば、それでいい……のかな……。

ともかく、マレットの両親が見つかってくれれば……。

歯を磨きながら、守は空いた手でスマホをいじった。

今日も突入はないと思うけど、準備している『作戦』のためには天気を調べておいたほうがいいかも……などと考えつつ、つい習慣でまずSNSを開く。

と、歯ブラシを持つ手が止まった。

守は、口をあんぐりと開けたまま、【@le 9 Thermidor an II】のアカウントへのコメントを見つめていた。ものすごい数だ。それに顔写真も……。

【すごい勢いで燃えてるけどだんまりです？】【里宮高校2年A組のみなさん元気ですかー？】【終わったな。もう逃げられない】

なんだよこれ!?　素性がバレてる？　誰かが、ぼくらの画像を投稿した？

で、夜中のうちに、みんな特定されてる！　大人がネットで反撃を……？

【俺、緒形壮馬と中学一緒だったけど随分と雰囲気変わったねえ。別人みたい！】

これって……。書き込みについているいくつかのコメントを開いた守は、血相を変えてトイレを飛び出した――。

顔バレを知ったのは守だけではない。『解放区』の外にいるネットを見た里宮市の人たちも、高校の他の友人たちも、みんなが「マジで!?」と驚いていた。

【えっ、てかなんでこのメンツ!?】【この5人接点ないじゃん！】

壮馬とバスケットボールを投げていた友人も――。

紗希とファッション雑誌を見ながら恋バナしていた友人たちも——。

守の妹の凜まで——。

「お兄ちゃん⁉」

同級生の男の子と駄菓子屋デートを楽しんでいた凜は、アイス片手に叫んだ。

そして、言うまでもなく『解放区』の他のメンバーも——。

立坑櫓《たてこうやぐら》の中段プラットホームでは壮馬が、震える指で「中学で一緒だった」というコメントを開き、レスをスクロールさせていた。

事務室では博人と紗希が、どちらもスマホに釘付《くぎづ》けになっている。

巻き上げ室では香織と綾が。

綾はネットにさらされた顔画像をスワイプしてショックを受けていた。貼られた画像は、守に壮馬、紗希に博人、香織……。

「……私だけ……いない……」

まさか、これはお父さんたちが……⁉

＊　＊　＊

「お嬢さんの写真は出していません」

「それでいい」

役場を出て、里宮の町を走る車内――。

本多の報告を受けた秀雄が、後部座席から短く答えた。

台風の上陸はもうじきだ。窓の外では、黒い雲が猛スピードで流されていく。

「こうなるともう、後戻りはできません。秘密も本音も丸裸にされて、すぐに彼らはバラバラです」

本多は、後ろめたい気持ちを隠すように淡々と冷たい口調で話し続ける。

車内の三人の気持ちも、すでにバラバラのように感じられた。

助手席の麻川が、疑わしそうにチラッと本多を見やる。

「そう上手《うま》くいく？」

「いきます」

本多は安全確認のふりをして、車外に目線をそらした。

いつ雨が降り出してもおかしくない空模様だ。用意が整う前に、現場に到着しておいたほうがよい。

「さあ、ひと荒れ来そうですよ……」

そういうと、本多は山道へとハンドルを切った。

＊　　＊　　＊

【俺、緒形壮馬と中学一緒だったけどずいぶん雰囲気変わったねえ。別人みたい！】

【どういうこと？】

壮馬くんは見張り当番だから、上にいるはず――。

キャットウォークを走った守は、壮馬が下にいないのを確認してから立坑櫓の階段を全力で駆け上がった。

あのコメントのレス、壮馬くんも見たんだろうか。あんなの、残酷すぎる……。

【こいつイジメ受けて中学転校したんだよ】【高校ではイジメられんの怖くて陽キャぶってんのかな？】【この見た目で？　ウケる！】【キャラ作ってるのか、涙ぐましい】

【思い出ペタリ】

イジメを暴露したアカウントの主は、自分がそれに参加していたことを恥じもせず、得意げに「思い出」と称して、悪趣味な写真も貼りつけていた。

傷つき、トイレの床に座りこんでいる、中学時代の壮馬の姿を――。

【別人じゃん！】【バカだよなー。こんな騒ぎおこさなきゃ、黒歴史暴露されずに済んだのにさあ】

無責任なコメントをつける連中にとっては、ただの他人事《ひとごと》。話題の「立て籠《こ》もり騒動」を盛り上げる、新しい味付けぐらいにしか考えていないのだ……。

守は走った。ハアハアと肩で息をしながら階段を上りきり、プラットホームの端で背中を向けている壮馬に声をかける。

「壮馬くん！」

「………」

壮馬が、ゆっくりとふり返った。涙を溜《た》めた目で――。

クラスでもイケているほうの男子、モテ男でチャラいあの壮馬が……。

ポツポツと降り始めていた雨は、すぐにどしゃ降りに変わりそうだった。

『解放区』の面々を暴き立てるコメントは、まだ終わらなかった。

事務室では――。

【あっ！　博人くんの裏アカ見つけたー！】

新しいコメントを目にして、博人が「ウッ⁉」と息を止める。

素性を隠して書きこんでいたアカウントが暴かれたのだ。

【口を開けば「勉強」としか言わないバカ親】【僕はおまえらの世間体のための道具じゃない】【死ね死ね死ね死ね死ね死ね死ね死ね死ね死ね死ね】

博人が書き連ねた、隠しておきたい暴言が、次から次へとコピペされていく。

もちろん、容赦のないコメントがそれに続いた。

【うっわこれは……】【病み過ぎ病み過ぎ】【こういうこじらせ系って爆発すると1番タチ悪いよね】【あっ、コイツ立て籠もり中も更新してんじゃん】

おい！　そんな……まさか⁉　やめろ……それ以上はダメだっ！

事務室の壁に向かったまま、博人はスマホをスワイプしていく。

『解放区』に着いたばかりのとき、つい匿名で裏アカに吐き出した、自分の無責任な言葉がコピペで突きつけられた。

【バカどもの幼稚で自己満な自立ごっこに付き合わされている】【憂鬱《ゆううつ》で無駄な時間】【幼《おさな》なじみというだけで色々と絡んでくるこいつが一番幼稚】【消えてくれ、頼むから】

辛辣《しんらつ》な言葉と共に、あのときの自分が撮って貼った画像までがさらされていた。初日に、精一杯おしゃれしてきた紗希の後ろ姿が……。

部屋の反対側で、パキン！　と乾いた音がする。

画像を見た紗希の手からスマホが滑り落ち、床にぶつかって割れた音だった。

ひどすぎるよ、こんなの……！

守は立坑櫓の中段で、博人の裏アカの暴露を読んでいた。雨粒はどんどん大きくなり、風も出始めている。

下から聞こえる騒音に気づいたのはそのときだった。

大型トラックのエンジン音？　いや、それだけではない。何台もの車が、石炭工場に迫っている音だ。

「壮馬くん、あれって……!?」

「……畜生……なんだよ、マジかよ……こんなときに……」

力のない声で、壮馬がつぶやいた。


巻き上げ室では――。

【ここ、山咲香織の親父の職場です】

「ちょっと!?」

父の建設会社の画像とコメントに、香織は思わずスマホに向かって声を上げた。

そばでは、綾も自分のスマホを心配そうに見つめている……。

【面白い話、聞きたい？】

香織の情報を得意げに貼り付けた「誰か」が問うと、画面は【聞きたい！】の大合唱になった。

【……あれは、今から三年前……】

まさか⁉　嘘よ、そんな！　当時のことを知ってるとしたら、あの子か、それとも、もう一人か……。

絶望感に包まれながら、香織は三年前のことを思い出していた。

まだ中学生だった冬の日のこと……。

夜中、父と母が珍しく口論していた。原因は父の建設会社の経営危機だった。従業員を守りたい父と、家族がどうなるか不安な母——二人の言い争いを、香織はベッドの中で漏れ聞いてしまった。

綾と初めて言葉を交わしたのは、翌日の夕方のこと。

雪が降る中、傘も差さずにバス停のベンチで考えこんでいた香織に、「あの……風邪、ひいちゃいませんか？」と傘を差し掛けてくれたのが、今まで話したこともない千代野綾だった。

【急に自分からその議員の娘に話しかけて仲良くなってたし。建設会社と地方議員ってさ、わかりやすい関係よね～】

綾の父が議員だなんて、友だちに聞いて知ったことだ。

父の会社の助けになるかもと思ったのは嘘じゃない。実際、山咲建設は仕事が増え、つぶれずに済んだ。だけど……。

あのとき綾にお礼が言いたかったのは本当のことだ。

【議員の娘にすり寄ってる香織を呼び出して「最近付き合い悪くね？　あたしたちよりあの子を取るんだ？」って問い詰めたら、なんて言ったと思う？】

やめて！　お願い……やめてよっ!!

【「ああいう真っ白な子、一番ムカつくんだよ……こっちがどんどん黒く見えてさ……友だちのフリするのも楽じゃないんだよ！」だって！】

【ひでー】【親の力目当ての友情ってことか】【目論見《もくろみ》成功じゃん。今も関係続いてんのかな？】【可哀想だなー相手の子】【まあ見抜けないその子も節穴じゃね？】

どうして……どうしてこんな……やめて……。

打ちのめされていた香織は、ハッと親友をふり返った。

綾は呆然《ぼうぜん》と立ちつくし、同じコメントを読んでいる。

ぽたっ。ぽたぽたっ……と続けざまに落ちた涙が、スマホの画面を濡《ぬ》らした。

「綾……違うのっ！」

香織は必死で叫んでいた。でも、次の言葉が出ない。どう言ったら、わかってもらえるのだろう？

守が巻き上げ室に飛びこんできたのは、そのときだった。

「山咲さんっ！」

「!?」

切羽詰まった守の声に、香織はビクッと身をすくませた。

綾も涙をふいてふり返る。

「大変です！　下がっ！」

守が真っ青な顔で叫ぶと、不安そうに操車場のほうをふり返る。

香織と綾の様子がいつもと違うのにも気づいていたが、それどころではない──守は、それほど狼狽《うろた》え、慌てていた。

嵐をついて、大人たちが攻めてきたからだった。

崩された壁

長いアームをかかげた重機──圧砕機《あっさいき》が、キャタピラをがりがりとうならせて、操車場の壁に近づいた。

工事現場で見かけるパワーショベルそっくりだが、アームの先にあるのはショベルではない。怪獣の口みたいにギザギザの鋭い刃のついた巨大なペンチだった。

圧砕機は穴を掘ったり土砂をすくうのではなく、解体工事専用の重機なのだ。

その重たい車体が、吹きつける強風も大粒の雨もものともせずに前進していく。

首長竜《くびながりゅう》のように鎌首をもたげ、巨大ペンチがガチャンと口を閉じたかと思うと、山折りに曲がって力をためたアームが油圧でグンと前へ伸びる。ドーン！　操車場の壁に巨大なペンチがぶつかって、凄《すさ》まじい音がした。バラバラと壁がくずれ、小さな穴が開く。ゴゴン！　と、もう一度、凄まじい音がした。突破口にペンチをねじこみ、さらに穴を広げ、コンクリートに埋まった鉄筋を刃ではさみ、千切っていく……。

操っているのは、山咲建設の倉田だった。山咲も重機のそばにいる。

前田たち入国警備官は、壁に突破口ができるまでは少し離れて待機中だ。壁を破壊しての突入なので、前回とはちがってヘルメット装着の完全防備だった。

「台風の中、本気ですか？」

横井が前田の耳元で言った。風が強すぎて大声でないと聞こえにくい。

「上からの指示だ。圧力をかけたやつがいるんだろ」

顔をしかめた前田は、背後に停まっている高級車をあごで指した。

千代野議員と秘書たちは、圧砕機を運んできたトレーラーの近くに車を停めて、突入を見守っている。

山咲を始め、重機を操る倉田やシンジ、ケンジたちも作業に乗り気ではない。

だが、圧砕機の巨大ペンチは圧倒的な力で『解放区』の壁を突き破り、ねじ切り、ずたずたに破壊していく。ネットの世界で秘密を暴かれた上に、現実の砦《とりで》までが、轟《ごう》音《おん》を上げて崩れ去ろうとしていた。

「強引すぎる……！　ギャラリーが怖くないのか？」

守はそうつぶやいたが、工場にはすでに誰も近づけなくなっていた。

一般人はもとより、バズネットニュースを始め、マスコミの人間たちも、産業道路の入口で足止めされていた。警察も出動し、道路を封鎖したからだ。「台風で土砂災害の恐れがある」など、理由はなんとでもなる。ここでも、誰かが「大人の力」を使ったのだ。


「……道警《どうけい》にも話しておきました。遊びは終わりですよ」

「ありがとうございます。はい、必ず、はい……」

東京の柴山センセーからの電話に、秀雄がぺこぺこと頭を下げる。

前座席にいる本多と麻川の秘書二人は、しらけ顔でそれを聞き流していた。

通話を終えた秀雄が、いまいましげにスマホを座席に放り出した。

「恩着せがましいジジイめっ！　だから警察は使いたくなかったん……だっ！」

「だっ」と言うのと同時に、腹立ち紛れに運転席の背もたれをドンと蹴《け》りつける。

「借りを作らせおって、バカ娘が！」

ドン！　ドン！　ドン！

背もたれを蹴られるたびにこみ上げる怒りを、本多はグッとのみこんだ。

大きなコンクリートの破片を引きはがし、ガタガタと圧砕機が後退していく。

壁には、大きな穴が残された。そこにはしごを立てかける。

左右に二つ立てかけたはしごを強風に飛ばされないよう、入国警備官の七、八人がかりで押さえつけ、後藤と縦原が上がってきた。

ともかく、前みたいにはしごから追い落とそう——そう指示して、守は右側から後藤の前に飛び出した。左の縦原には、はしごを手にした壮馬が立ち向かう。

「来るなああっ！」

一段高い場所に立って、守はデッキブラシを突き出した。

ブラシの先端が低い位置にある後藤の顔を狙うが、攻撃は丸見えだし不意打ちでもない。屋上で落としたときのようにはいかなかった。

両手でデッキブラシの柄をつかんだ後藤が、ねじるようにして引っぱる。

「あっ」

力比べでは後藤と守では勝負にならない。

すぐにデッキブラシはもぎ取られてしまった。

「どいて！」

ひとつ後ろの線路でコールピックハンマーを構えているマレットが叫んだ。

守がサッと身をかわすなり、綾がボンベのバルブをひねる。

バルルルルッ！　と、ナッツの弾が飛びだした。後藤がとっさに下を向くと、顔面を狙ったナッツは全てヘルメットに当たって弾《はじ》かれる。

そんな！　ナッツ弾も効かない……!?

後藤がニヤリと笑った。奥にいるマレットをにらみつけ、グッと胸を張る。

「覚悟はいいか、チビスケェェェ!!」

一方、壮馬のはしごも縦原に受け止められ、力比べとなっていた。

「くっ……」

なにやってんだ……もう、こんなことしたって無駄じゃないのか……？

心の中で暴露コメントのことが渦巻いているせいか、壮馬は踏ん張りきれない。

博人がコールピックハンマーで援護しようと、横にずれて縦原を狙った。

香織がバルブをひねるのと同時に、縦原が「ふんっ！」とはしごを振り回す。

よろけた壮馬が、射線にかぶさって――。

「あだっ！」

ナッツは全弾、壮馬の背中に命中した。

痛みにのけぞった壮馬の手がゆるみ、はしごをもぎ取られてしまう。

武器をなくして立ちつくす守と壮馬――。

ダメだ。前と同じにやっても、みんなが噛《か》み合わない。

このままじゃ押し負けてしまう……。

守がそう思ったとき、一段低くなった線路の裏から紗希が立ち上がって、消火器を穴に向かって噴射した。消火剤を浴びた後藤と縦原は、真っ白な煙に包まれる。

「みんな早く！」

紗希の声に、他のみんなは煙に紛れて散り散りに建物の奥へと逃げだした。

守だけは近くにあった別の消火器をつかみ、紗希と並んで、立ちこめた煙のなかへとさらに白い粉末を浴びせかける。

「阿久津さんも行って！」

小さくうなずいた紗希が後ずさり、線路を越えた辺りで噴射したままの消火器を放りだした。

「守ちんっ」

白煙の中、退却した紗希の声が聞こえたので、守も消火器をレールの上に置き、レールに沿ってスロープを地下へと走る。

マレットがいるのを見てホッとしたとき、線路のすき間に足がはさまった。

はずしている暇はない。はさまったスニーカーを残して、守はマレットと一緒に地下へと下りていった。

紗希は、巻き上げ室のある棟へと駆けこんだ――。

廊下の角で、博人が壁に手をついて息をついていた。

「ハァ、ハァ、何でこんな目に……」

紗希は立ち止まった。

いつもなら絶対に「大丈夫？」とかなんとか声をかけていた。でも……。

私が絡むのは、お節介なんだよね……。

声をかけず、彼女は先に行くことにした。

これ以上、ヒロくんに嫌われたくなかったから……。


綾は、いつもとは逆側にある巻き上げ室に駆けこみ、入口でつまずいた――。

「綾っ！」

後を追ってきた香織が、手を貸そうとかがみこむ。でも……。

香織はいつものようには綾の手をつかめなかった。

綾のほうも、彼女と目を合わせられない。

これも友だちのフリ？　ううん、そんなことないはずよ……。でも。私は、どうしたらいいの？　香織……私は、私は……。

なんとか自力で立ち上がり、綾はまた走りだした。

残された香織は、それを見送るしかなかった。

消火剤の白煙が収まるころには、入国警備官たちは続々と操車場に突入していた。

「どうせ逃げ場はない。連携組んで確実に捕まえる。外の連中に圧砕機を反対側に回すよう伝えろ」

あとから乗りこんできた前田が、横井に指示を出す。

前田はさらに、逃げた高校生たちに向かって大声で呼びかけた。

「青春ごっこは終わりだ！　やったことの責任は取ってもらうぞ！」

前田の合図で、部下たちは二人ひと組で横一列に並び、操車場の奥へと前進を開始する。

外では、圧砕機がエンジンを唸《うな》らせて建物の裏へ向かっていた。

山咲や彼の部下、残りの入国警備官たちも、重機を風よけにしてこれに続く。

風雨はますます強まり、行く手は泥沼のようになっていたが、重機のキャタピラはお構いなしに泥をはね上げ、ズリ山のある工場の裏手へと進んでいく……。

地下への階段を下りたマレットと守は、階段の裏にある収納庫の扉を開け、中に飛びこんだ。

扉を閉め、せまいスペースに二人してしゃがみこんで荒い息をつく。

これじゃあ、まるで吉良上野介《きらこうずけのすけ》だよ——ハアハア言いながら、こんなときも守はついそんな事を考えてしまう。

ここに隠れても、捕まるのは時間の問題だった。台風がいては、もう打つ手はひとつもない。扉をふさいで時間稼ぎする？　マレットを奥に隠して、僕だけがここにいるふりをする？　どれも、無駄だろう……。

あきらめかけたとき……。隣に座ったマレットが、ピクッと動いた。

守も異変に気づいていた。

この音は、いったいなんだ……!?　いや、音というより地響き？

ズズズズズズズ……。

そんな不気味な音と共に工場全体が震えている。

震動に気づいたのは、守やマレットだけではなかった……。

ズズズズズズ……！

轟音《ごうおん》は、工場とは逆の方から聞こえる——。

重機と共に工場の裏手にいた山咲は、ハッと顔を上げた。

「ザキさんっ！」

「大変だ……！」

離れた位置に停車している高級車の中でも、本多が音のする方を見上げた。

「な、なんだっ……⁉」

秀雄がフロントガラスから外を見ようと身を乗り出す。

外にいた者は、何が起こったのかすぐにわかった。

ズリ山だ――。

石炭カスを積み上げてできた工場よりも巨大な、あのピラミッドが地滑りを起こしたのだ。

黒い土砂が木々をなぎ倒し、雪崩のように麓《ふもと》へと崩れ落ちていく。

幸い、向きが少しずれていたが、さらに崩れる可能性もある……。

屋内の前田や後藤たちが震動に気づいたのは、操車場を調べ終え、いよいよ他の棟や地下へと探索範囲を広げようとしているときだった。

「……何すかね？」

後藤の問いに、前田が音の方向を探ろうと耳を澄ませたとき、突入口の辺りから「前田さ～ん」と声がした。圧砕機の移動を指示しに行った横井だった。

「ズリ山が崩落！　山咲建設が、これ以上は危険だって！」

驚いた前田が絶句する。

そのとき、ずぶ濡《ぬ》れの横井が、四日前に衝突したまま放置されているトロッコの向こうから、大声で続けた。

「台風が過ぎてから仕切り直しましょうって言ってます！」

山咲社長の意見だろうか？　ここまで追い詰めたのに……？

いや、たしかにこの悪天候では何が起こるかわからん。ここまで来たからこそ、我々もあいつらも無事なまま事を終わらせたほうがいい、か……。

「一時撤収！」

操車場全体に響く大きな声で、前田は部下たちに命じた。

「前田さん！」と食い下がる後藤。

「勝負はついてる。詰めを急いで何かあった場合、責任をとる羽目になるぞ」

「でもっ！」

「命令だ……。大人なら、命令には従え」

前田にそう言われては、後藤もグゥッと堪《こら》えるしかない。

気持ちはわかる——という目で後藤を見た前田は、散らばった部下たちに、もう一度指示を出した。

「撤収！　天候の回復を待つ！」

「くそっ！」

同僚がおとなしく引きあげていく中、後藤は腹立ち紛れにガン！　と壁を蹴飛《けと》ばし、隠れている七人に向かって吠《ほ》えた。

「聞こえてるかガキどもー！　助かったとか思ってんじゃねーぞ！　雨が止んだら今度こそ終わらせてやるからな！　覚悟しやがれー！」

「覚悟しやがれー！」と吠える声は、地下の収納庫にまで届いていた。

階段を下ってきていた入国警備官の足音も、上に引きあげていく。

一時休戦か……。台風のおかげで助かったけど……。

床に座りこんで、守は難しい顔をしていた。

マレットが、ポスッともたれかかってくる。

どうしたらいい……？

小さな身体の温かみを感じながら、守は考え続けていた。

ぼくらは、ここから

守は、のろのろとした足取りでスロープを上がっていった。

途中で線路にはさまっていたスニーカーを引き抜き、汚れた靴下ごと足を突っこむ。

外は暗く、雨と風が荒れ狂っていた。壊された壁の穴から、ゴウゴウとうなる風の音が飛びこんでくる。台風はもうじきピークなのだろう。

操車場には他のみんなもそろっていた。誰も彼も落ちこんで、うなだれている。

力なく座りこんだ紗希と綾の間に、オイル缶に入れたロウソクの炎が揺れていた。

壮馬は独り離れ、高低差のある線路にできた壁に寄りかかっている。まるで初日の博人みたいだった。

他の四人も昨日までの親密さはない。少しずつ距離をとって、それぞれの気持ちと同じでバラバラの方を向いている。特に香織は、視線を避けるように地べたに座りこんで、ひざを抱えたまま顔を上げようとしない。

そんな五人を、マレットが見つめていた。

守が来たのに気づいて、博人がうつむいたままで言った。

「バカだな、僕たち。いずれこうなるってわかってたくせに……いい気になって……」

誰かを非難するというより自分に向けた言葉だったが、紗希が敏感に反応する。

「あんたねえ！　言いたいことあるならハッキリ言えばいいじゃん！」

「この期に及んで？　ハッキリ暴かれて参ってる人間の集まりだぞ」

博人の言葉――。

綾が。香織が。壮馬が。ギュッと身を強張《こわば》らせる。

守は、博人と紗希の間に割って入った。

「二人とも、今は仲間割れしてる場合じゃ……」

「遅《おせ》えよ」

壮馬が言った。

思わず顔を上げる守。

どうした？　笑うなら笑えよ――と自暴自棄な目で守と博人を見ていた壮馬が、ふっと目線をそらす。

博人は「もう遅い」という点では賛成だった。

「目に見えてたものは嘘だらけ。しょせん、その程度だ。僕たちのつながりは……」

「違う……」と守はつぶやいたが、博人はうつむいたまま続けた。

「だいたい……僕は最初から反対だったんだ」

今、自分たちがこうして打ちのめされている原因は、元をたどれば……。

「たかだか一週間反抗したところで、何も変わらない。黙って親の言うことに従って……それが賢明な選択なんだ、千代野！」

博人の言葉に、綾が無言でうなだれる。

「なら、おまえも裏でグチグチ言ってんなよ。ダセェ……」

と、壮馬がイラついた声を上げると、博人はひるまず言い返した。

「おまえは全部さらけ出してたのかよ……？　本音なんて邪魔なだけだろうが！　おまえだって居場所が欲しいから自分偽ってんだろ！　惨めな自分じゃ相手にされないってわかってるから！」

うるさい！　だまれ。そんなこと俺が一番……俺だって……だまれっ！

涙を浮かべて博人をにらんだ壮馬は、一気に駆け寄って胸ぐらをつかんだ。

今にも殴りかかりそうな勢いの壮馬――。

博人も負けじと壮馬の胸ぐらをつかんで押し返して――。

「壮馬っ⁉」

紗希が叫んだ。

「待って！」

守が押し合いを止めようとする。マレットも――。

「どいてろっ！」

払いのけた博人の腕が当たって、守は後ろによろけた。線路に足をとられ、まともに背中から倒れる。

「ヒロト！　やめろっ！」

マレットが必死にヒロトの腕にしがみついた。

「うるさいっ！」

力任せに小さなマレットを押しやると、博人は今ここにある全てのムシャクシャをぶつけるようにして叫んだ。

「全部おまえのせいだっ‼」

「⁉」

ビクッと身体を震わせ、博人を仰ぎ見るマレット──。

博人は止まらなかった。

「おまえが僕たちの前に現れたからっ！　おまえがいなきゃ！　みんな、こんなことにはならなかったんだ！　うわべの付き合いで、なんとなく一週間過ごして終われたんだ！　おまえがいたからっ！」

ちがうよ……。マレットも『解放区』の仲間だ、みんなそう思ってたはず……。僕が……僕がもっとちゃんとしていれば……！

倒れたまま、守は無力感に打ちのめされていた。

口走った博人だって、こんな小さな子に責任を押しつけるなんて──と、自分のカッコ悪さにとっくに気づいていた。でも、口に出してしまった言葉は戻せない。

マレットはぶるぶると肩を震わせていた。

怒りと悲しみで、身体が爆発しそうだった。

「……こんなとこ……好きでいるわけじゃない！」

なんとか、それだけ言い返す。

グッと涙をぬぐい、怒りを言葉にしようとして……頑張って……。

「うわあああああ……!!」

言葉より先に、涙と泣き声があふれ出してしまった。

どうしてさ⁉ なんでこんなことになったんだよ⁉ わかんないよ！

泣きじゃくるマレットに、綾が心配そうに駆け寄ろうとしたそのとき――。

守は立ち上がり、真っ直ぐに手を挙げて叫んでいた。

「俺、喋《しゃべ》りまあああああああああああすっ！！！」

豪雨の音が途切れるほどの大声――。

マレットがびっくりして泣き止むほどの――。

守は、顔バレしてもネットでは何も暴かれなかった。まじめだからでも、用心深いからでもない。中学でも高校でもクラスの誰も守に興味がなかったからだ。暴かれたら困るような秘密を知っている者さえいない。愚痴だって歴史好きのチャットで吐き出せたから、裏アカも必要なかった……。だけど……だけど……！

「俺も、ずっと秘密にしていたことがありますっ！」

身体を二つに折るようにして頭を下げて、守は言い切った。

「……何言ってんだ？　おまえ……」

博人がいぶかしげに問いただす。

頭を下げたまま、守は喋り続けた。

「本当の自分を知られて、何かが変わってしまうのが怖かったんです！　みんな、まわりに溶けこむのに必死で。居場所を守るために、本当の自分に鍵《かぎ》をかけていて……。それが大人になることだって、ずっと思ってました」

みんなが息を殺して聞いているのが、気配でわかる。

「でも、それだったら俺は大人になんてならなくていい！　ここにいるみんなにだけは、本当の俺を知ってもらいたい……この一週間で、そう思えるようになったんだ！」

「守ちん……」

紗希が、ぽつりとつぶやいた。

守は、ずっと下げていた頭をゆっくりと起こし、顔を上げた。雨音が響くなか、目をつぶって、すうっと息を整える。

ずっと秘密にしていたこと——。

最初は、明日《あした》こっそり一人にだけ言うはずだったこと——。

思い切って、綾の目を見て、力強く――。

「千代野綾さん、好きだっ！」

「へっ⁉」

いきなりの告白に驚き、戸惑う綾――。

他のみんなも「は？」と呆気《あっけ》にとられていたが、ひざを抱えて座っていた香織だけが、ハッと顔を上げた。

「一緒に逃げようって言ったとき、最初はカケオチかなって期待したんだ。それが勘違いだってわかって心底凹《へこ》んだし、ここにいる全員邪魔だなって正直思ってた……」

綾は、勇気を出して話し続ける守を見つめ、真剣に聞き入っていた。

「……プレゼントも毎年買ってた。でも、いつも渡せなかった……」

マレットが、ハッと拾ったキーホルダーの事を思い出す。

「……怖くて、ずっと言えなかった。でも、自分の気持ちに嘘をついたままでいたくない。きみの中に残るのは、本当の俺であって欲しいから！」

思いの丈を全てぶちまけ、ゆっくりと気持ちが落ち着いていく……。

そして、最後に。胸が痛むけれど、一番言わなくてはならないこと――。

「きみにも……そうであって、欲しいから」

涙を浮かべた綾は、守の想いを受け止め、唇を震わせながら俯《うつむ》いた。

「ありがとう、守くん……。ごめんね……」

うん。話す前から結果はわかってた。でも、これでいい……と、守は微笑む。綾に自分の気持ちを知ってもらえたから、それで……。

いきなり守が告白し、綾にふられた？　と、壮馬や博人、紗希が顔を見合わせる。

そして、次は綾が……。

「守くんはずっと大事な友だちで……優しくて、人見知りなのに困ってる人は見過ごせなくて。私はそんな守くんにいつも勇気づけられてきました……」

顔を伏せたまま、綾は話し続ける。

「今も背中を押してくれて……。だから、私も自分の気持ちに嘘をつくのは……やめる。……隠してない、本当の私を、見て欲しいから」

顔を上げると、綾は微笑みを浮かべて操車場の隅に向き直った。

「香織……」

「！」

驚いた香織が、ゆっくりと立ち上がる。

綾は真っ直ぐ香織を見つめて言った。

「私は……あなたが好き！　友だちとしてじゃない、好きなの！　香織っ！」

台風がピークを迎え、大きな雨粒が窓ガラスを激しく叩《たた》く。

「ずっと心にしまってた！　言っちゃいけないことなんだって抑え込んでた！　でも辛《つら》くて……あなたにっ……本当の私を知られるのが怖かったの……！」

綾の目にまた涙が浮かぶ。

香織も涙が止まらない。泣きながらダッシュして——。

転びかけても、一心不乱に綾との間にあった距離を駆け抜けて——。

真っ白な心を力強く抱きしめる。

「あたしもっ……ずっと隠してたっ……！　初めて会ったあの日から……ずっと！……お父さんのために綾に近づいた。でも……仲良くなっていくほど、苦しくて。今は違うんだって、本当の気持ち伝えなきゃって！　でも、怖くて……言えなかった」

泣きじゃくる香織の耳元で、綾が静かに語りかけた。

「……私も、香織に隠してたんだから……おあいこ、だね」

驚く香織に、綾は涙を浮かべたままニッコリ笑ってみせる。

香織は堪《こら》えきれずにまた泣き出していた。

「ごめん……ごめんね！」

二人を見ているうちに、博人にも勇気が湧いてくる。

「ほっ……本当のっ……僕はっ‼」

大きな声で、うわずって、調子外れで……それでも博人は止めなかった。

「ずっと、親に決められた道を生きてきて……それ以上でも以下でもない自分が大嫌いで……」

頭を抱え、髪の毛をかきむしりながら、博人は言葉を絞りだす。

「だから、ここにいれて本当は嬉《うれ》しかったんだ！　……ごめん……本当にごめん……ごめん……」

「……」

よかった……。やっぱり、ヒロくんはあたしの知ってるヒロくんじゃん……。

だまって博人を見守っていた紗希は、安心したようにフッと微笑んだ。

みんなに背を向けて眼鏡を外した博人は、涙をぬぐってから言った。

「壮馬……」

「！」

ふいに呼びかけられて、驚く壮馬。

「おまえが昔どうだったかなんてどうでもいい！　一緒にバッセン行くんだろ」

博人が涙の跡の残った顔を上げ、壮馬をふり返った。

「嬉しかったんだ！　ちゃんと責任とれ、バカ！」

「っ……」

鼻の奥がつんとして——。壮馬はTシャツをつかむとグッと鼻先に押しつけた。

「……なんだよこのノリ、おもしれー」

軽口を叩くのはそれが精一杯で、壮馬はグスッとはなをすする。

守が聞いた。

「みんなの気持ち聞いて、どう？　やっぱり、遅いかな？　俺たち」

「あ〜悪かったよ」

Tシャツで鼻をゴシゴシこすって、壮馬が照れくさそうに笑う。

「――ここがスタートだな、俺たち」

壮馬の言葉に、守も笑顔でうなずいた。

みんなの心に溜《た》まっていた、重くてよどんだ空気が、心地よい風にスーッと流されていく……。

と、ひとりだけ所在なげにモジモジしていた紗希が、パッと手を挙げた。

「あの、ま、まだ私カミングアウトしてないっ！　えっと……綾ちんは『引っ越したくない』って言ってたけど、正直私は『東京うらやましい！』って、ずっと思ってました！」

紗希はいたって真剣な顔で告白し、申し訳なさそうに深々と頭を下げる。

「なんだそれ」と壮馬。

「紗希らしいな」と、博人も笑う。

「じゃ、じゃあ……！」

むきになって隠しごとを探し、紗希は恥ずかしそうに白状する。

「ここに来て、たぶん太りました！」

紗希の暴露に、プッとみんなが噴き出した。

見違えるように生き生きとしている博人と壮馬——。

笑顔で寄り添い合う綾と香織——。

そんな暴露でいいんなら……という顔で、博人が言った。

「いつも読んでた本、実は冒険小説なんだ！」

「うちのお父さん、カツラです！」

綾の爆弾発言で、久しぶりに笑い声が起こる。

よかった、本当に「ここがスタート」で……そう思いながら、守は仲間たちのぶっちゃけ大会を嬉しそうに見守っていた。

『解放区』に来る前に思い描いていた告白とは随分ちがう結果になったけど……計画とか作戦だけじゃ、絶対にこんなことできなかった。もしかしたら、歴史上の偉業を成し遂げた英雄たちも、そうだったのかも……。

必死であがいて、突き抜けた先に何かが見える瞬間があって——。

いつの間にかそばに来ていたマレットに、守は聞いてみた。

「俺、ちゃんとできたかな？」

「うん、まあ……少し」

素っ気なく答え、照れ隠しにツンとそっぽを向くマレット——。

「厳しい～」

守が苦笑したとき、「ピロン！」とスマホが鳴った。

チャットの更新だ……。

【漠無芭愚：マモルくんたちの勝利を祈って孫と神社へ！】

【一色：マモルくんは独りじゃないぞ！　ワシらがついてる！】

そんな励ましの書き込みのあとに、玉すだれさんの新しい書き込みが……。

【玉すだれ：マレットのご両親、見つけたよ。これからそちらに向かいます】

えっ⁉　お父さんとお母さんが……やったぞ！

しかも、玉すだれさんが、こっちに向かってるって……？

だったら、大人たちが攻めてくる前に準備しなきゃ！

守は、最高のニュースをみんなに伝えながら、頭の中では、これからの脱出作戦の段取りを考えていた……。

DAY7　脱出

闇夜を飛びこえて

台風一過――。

満天の星が戻るころには、時刻は夜中の十一時を過ぎていた。

まだ、クマザサの葉からは雨水が滴り、工場の周辺もぬかるみや水たまりばかりだが、圧砕機の動作には影響しない。なにより、ズリ山が崩落する心配はなさそうだった。

突入再開が決定し、投光器が石炭工場を照らしたとき――。

大人たちは、壁に開けた穴が見事に塞《ふさ》がれているのを知った。

脱線して放置されていた大量のトロッコが、穴の前に積みあげられていたのだ。

結局、穴からの突入は中止となった。トロッコをよじ登り、すき間を抜けるのは危険すぎるからだ。

「中のクレーンを使ったんでしょう。表側の穴は塞がれてました……」

裏側に回した車から降りてきた千代野議員に、山咲が説明した。クレーンを操ったのは娘の香織に違いないが、そこまで話すつもりはない。

秀雄は、待機する重機や、集まった入国警備官、建設会社の社員たちを眺めて、やれやれとため息をついた。

「冷静になって降伏するかと思えば……」

「重機はこちらに回してますし、予定通りここでまた穴を開けます」

「構わん。どでかい穴を開けてやれ」

秀雄が請け合うと、山咲は壁の前に停めた圧砕機へと戻っていった。

車のそばにいた本多は、浮かない顔で工場を見上げていた。

子どもたちは最後の決戦に備えているのだろうか。建物はどの窓も明かりひとつ見られず、ひっそりと静まりかえっている。ネットでも孤立し、精神的にもボロボロのはずなのに、まだ抵抗を続けるとは……。大した根性だが次の突入で間違いなく制圧されてしまうだろうな……。

「本多、何か言いたそうだな」

気がつくと、秀雄がこっちを睨《にら》んでいた。

「いえ……彼らの悪あがきもここまでかと思うと……知らないうちに、彼らに何かを重ねていたのかも知れません……」

言い終わらないうちに、ぬかるみをばしゃつかせて秀雄が近づいてきた。

「いい大人が何を言ってるんだ！」

秀雄は本多のネクタイをつかむと、犬のリードのようにグイッと引っぱって自分のほうを向かせた。

「こんなもの、私への反抗以外の何物でもない！　目上の者に逆らう人間に将来《さき》はない！　それを忘れるな！」と、凄《すご》む秀雄。

聞き飽きたって！　それが、あんた流の「秘書への教育」ってやつかよ……。

本多はひるまずに上司を見返していた。

争う二人を遠目に見ていた山咲が、ふりきるように壁へと向き直る。

「崩せ！」

彼は気乗りしない顔で部下に指示を出した。

倉田の操る圧砕機が、轟音《ごうおん》と共に首をもたげる。ガシャンッと広げた巨大なペンチが回転して縦向きになると、壁に刃を食いこませようと近づいた。

そのとき——重機の作動音とは違う奇妙な音が空気を震わせた。

ゴゴゴゴゴゴ

地鳴りのような低い音だ。

山咲も、入管の前田や後藤も、本多も、本多のネクタイをつかんでいる秀雄も、みんなが一斉に音のする方を見上げた。

またズリ山が崩れたのだろうか？　いや、音は建物の上からだった。

巻き上げ室のある棟の屋上辺り――そうか、あそこには天窓がある！

真っ先にそう気づいたのは山咲だった。

彼らの位置からは見えなかったが、立坑櫓《たてこうやぐら》の滑車を通してワイヤーが巻かれ、屋上のガラス張りの天窓がゆっくりと左右に開いていたのだ。天窓が何十年かぶりに完全に開ききったとき、その下にある巻き上げ室にパッと明かりが灯《とも》った。

揺らめく光が、開いた屋根を越え、ひとつ、またひとつと上昇していく……。

コムローイだ！

時間ギリギリまで七人が用意した無数のコムローイが、屋上からわき出るように夜空へと昇っていく――。

その場にいた大人たちは一瞬何が起きたのかわからず、ぽかんと口を開けて空を仰ぎ、光の織りなす風景に見とれていた。

あっと驚いたのは、その直後だ――。

ゆらめくコムローイの群れに紛れて、なにか別の、もっとずっと大きなものが、ゆっくりと闇夜に浮かび上がってくる。

テトロンシート製の五メートルはありそうな細長い風船を何個も束ねて、さらに大きな袋にまとめた巨大な物体が、ふわりと宙に舞い上がったのだ。

袋の下には、ちゃんとゴンドラもついている。

ゴンドラに乗っているのは、夢中で周りを見回している子どもたち――。

コムローイの群れに守られるようにして、ゴンドラは工場の天窓を離れ、光と共に風に乗ってゆっくりと遠ざかっていく。

「おいっ！　なんだあれは⁉」

秀雄はつかんでいた本多のネクタイを離して空を見上げ、ゴンドラを追うようにフラフラッと数歩、足を運んだ。

まじまじと観察していた本多が、ハッと息を呑《の》む。

「ガス気球……！　石炭ガスか⁉」

「うっそだろ……」

屋上から離れていく気球を見つめて、入管の後藤が信じられないという顔でつぶやいた。

＊　＊　＊

無数のコムローイに照らされながら、ついにガス気球が飛び立った。

下に見える『解放区』の天窓が、どんどんと小さくなっていく。

夢でもない。想像でもない。

ぼくらは空を飛んでいる——。

守の作戦。みんなで作った最後の手段——。

「ホントに大丈夫なんだろうな⁉」

ゴンドラの縁にしがみついた壮馬が、下をのぞきこんで言った。

守が上機嫌でうなずく。

「仕掛け自体は理科の実験と同じだから、たぶん！」

「守ちん、ホント天才！」

下をのぞきこみながら、紗希が満面の笑みを浮かべた。

石炭ガスの詰まった袋も、ゴンドラの強度も、心配なさそうだ。

右往左往している大人たちが、蟻みたいに小さく見える。

と、上空は少し風が強いのか、流された勢いでグラッとゴンドラが揺れた。

「きゃあっ！」

隅っこに座りこんだ綾が悲鳴を上げて香織にしがみつく。

風にのって闇に散らばるコムローイと共に、気球はさらに上昇していった。

ズリ山も飛び越え……。

地上の大人たちも圧砕機も届かない、はるかな高みへ――。

自由な夜空へと――。

これこそ冒険ってやつだ！

「子どもなめんな！　イエーッ‼」

博人の声が、夜空に響いた。

＊　　＊　　＊

手作りのガス気球は、無数の光を引き連れて里宮町の上空へと遠ざかっていく。

どんどん小さくなる気球を目で追いながら、入管の横井が真顔でつぶやいた。

「……前田さん」

「ん？」

「なんかあいつら、ちょっとカッコいいです……」

「ああ……」

若さのきらめきと大胆さを乗せて飛んでいく気球――。

あいつら、見事に脱出に成功しやがったな……そう思いながら、前田も同じ光景に見入っていた。

本多は、遠ざかる気球をつかむように手を伸ばし、彼らを見つめていた。

すごいな、きみらは。文字通り、飛び越えて行っちまった……。

俺も、まだ飛べるかどうか試してみたくなるな……。

フッと笑みを浮かべた本多の耳に、秀雄の声が飛びこんでくる。

「冗談じゃない！　ボサッとしてないで追いかけろ！」

「空までですか？」

ふり返って言い返すと、相手は一瞬「ぐっ」と言葉に詰まった。

目上の者に逆らう人間に将来《さき》はない――。

投光器の光でギラギラとてかっている顔を歪《ゆが》めて、秀雄が怒鳴った。

「本多っ‼　貴様はクビだっ！」

と、言い終わる寸前――。

本多の投げた泥玉が、ベシャッと秀雄の顔面に命中した。

泥玉は勢いよく泥を跳ね散らかし、髪にもスーツにもへばりつく。

「あんたの秘書なんか、こっちから願い下げだ」

「本多⁉」

脇にいた麻川が目を丸くして怒鳴ったが、本多は意に介さず、ゆるんでいたネクタイに手をかけた。

直すためではなく、一気に外すために……。

「俺、やっぱりこの仕事向いてません！　自分に嘘をついて生きるのやめます」

すっきりした顔でニコッと麻川に笑いかける本多。

「む……っく……」

目も開けられず、必死に泥をぬぐう秀雄の髪に、異変が起こった。

泥まみれになった偽物の髪がずれ、きれいな頭皮がむき出しになって――。

「あ――っ！」

本多が大声を上げたとき、ようやく気づいた秀雄が、ハッと頭に手をやる。

「センセイの偽者がいるぞ～！」

「へっ？」

と、ヅラを押さえて驚く秀雄。

本多は、わざとらしい大声で続けた。

「その不審者を逃がすな～！」

議員と秘書のやりとりを眺めていたシンジとケンジは、これを聞くなり、顔を見合わせてニカーッと笑った。

部下思いの『ザキさん』を顎《あご》でこき使い、いっつも偉そうに命令しているだけの議員に、ずっとイライラしていたのだ。

カツラを直そうと探っていた秀雄が、「ふざけるのもいい加減にしろっ‼」とわめいたのと同時に、ケンジが後ろから投げた泥玉がバシッと頭頂部をかすめ、カツラが、暗がりへすっ飛んでいく。

「ここは立ち入り禁止だぞっと！」とシンジ。

そのころには、二人だけでなく他の山咲建設の社員たちも次々と後ろから泥玉を放り始めていた。

バシャッ！　ビシッ！　パシャン！

「うっぷ、やめろ！　私だ！　千代野だっ！」

秀雄は降りそそぐ泥玉に手をかざし、必死に訴える。

その顔面に、また誰かの投げた泥玉がヒットした。

山咲が慌てて「おい、おまえら！」と声をかけても、部下は止まらない。

「いいじゃないすか。いい気味だ！」

圧砕機の操縦席から出てきた倉田が笑った。それどころか倉田は、キャタピラを蹴《け》って地面に飛び降り、自分も泥玉を投げる仲間に加わってしまった。

やれやれ、まったく……。

困ったように見つめていた山咲の顔にも、いつの間にか笑みが浮かんでいた。

突入のタイミングをのがし、すっかり毒気を抜かれた入国警備官たちは、突然始まった泥合戦を、呆《あき》れたように眺めていた。

「なんすか？　あれ……」と後藤。

「さあな」

前田はそう答えると、泥だらけでわめいている秀雄を横目に夜空を見上げ、遠く離れて見えなくなってしまった気球に思いを馳《は》せた。

真夜中の祝福

気球はガス漏れもなく、安定して飛び続けていた——。

「それで、ガンベタはナダールの気球を使って、プロイセン軍の包囲から脱出したんですよ。で、その後……」

「守先生、講義はまた今度な」

慣れた調子で、壮馬がつっこむ。

えっ、気球に乗っている今こそ、パリ脱出の逸話を語るのにぴったりなのに？

そう思ったのは守だけで、例によって歴史の話は誰も聞いていない。でも、守は以前のように気にしたりはしなかった。

〈みんな、僕に興味がないわけじゃない――〉

たとえ呆れられたとしても、自分がこういうときに歴史の話をしたくなっちゃうやつだってことをみんながわかってくれている。そこが大事なんだ……。

それに、今はみんな、眼下に望む自分たちの町の夜景に夢中だった。

「すごい景色～」

「うん!」

紗希の歓声に、香織がうなずく。

見慣れているはずの駅も学校も、どこかにあるはずの自分たちの家も、ここから見るとどれもちっぽけな光の点に過ぎない。

「こんな里宮町、初めて見た……」

綾がつぶやくと、マレットが外を眺めたまま、からかうように言った。

「守からの誕生日プレゼントだな～」

「おい!」

反対側にいた守は慌ててマレットをどやしつける。

綾は優しくうなずいた。

「ありがとう、守くん」

バースデーケーキもないし、せまいゴンドラの中で立ちっぱなしだけど……。

こんなに素敵なバースデーはなかった。自分の気持ちに素直になれた……。

綾は真っ直ぐに守を見つめて微笑んだ。

「私、今回のキャンプのこと、絶対忘れない」

「うん」

守がうなずくと、壮馬が肩をすくめた。

「まあ、キャンプってより……」

「戦争？」と紗希。

「だね！」と香織。

顔を見合わせて笑う七人――。

実際、六日間よく戦った。包囲されても最後は見事に脱出したし……。

「……お。時間だ！」

博人が腕時計を確認すると、初日とは別人のような明るい笑顔で言った。

キョトンとしたのは綾ひとりで、他のみんなはニヤニヤ笑って彼女を取り囲む。

真夜中を過ぎ、目指していた「七日目」がついに訪れたのだ。

ようやく気づいて、綾も笑顔になって――。

仲間たちの祝福の声が夜空に響いた。

「千代野さん、誕生日おめでとう－！」


戦い終えて……


夜明け前――。

上空で玉すだれさんとチャットして――。

着地前に確認できた「道の駅」を待ち合わせ場所に決めて――。

気球は無事に休耕田に着陸し、みんなゴンドラの中でもみくちゃになって――。

そこからスマホの地図を頼りに雑木林を抜け、丘を越え――。

守たちは、国道沿いにぽつんとある道の駅にたどりついていた。

ここで待ち合わせたのは、着地点から一番近かったからだ。

開店前の道の駅は、駐車場もからっぽで人の気配はない。立ちこめる朝もやは夏草の匂いがして、聞こえるのは小鳥のさえずりだけだ。

草原や林の向こう、山の稜線《りょうせん》に縁取られた東の空は少し明るくなっていた。

「うう～」

「さみい……」

半袖《はんそで》の香織と壮馬が、寒そうに身を縮める。気球をなるべく軽くしようと、ろくに荷物も持たず、服も軽装で脱出したからだ。歩いて汗をかいたせいもあって、クーラーをガンガンに効かせたような朝の涼しさに他のみんなも参っていた。

それでも、七人は店の前にずらっと並んで来るはずの『仲間』を待ち続けた。

マレットの両親が見つかったと知らせてくれてから十時間近く、楠洋市《なんよう》から夜通し車を走らせていることになる。

玉すだれさん、本当にここまで来られるんだろうか……。

「遅いな〜、玉すだれさん……」

寒そうに腕組みしながら守がつぶやいたとき、軽快なエンジン音が近づいてきた。

一台の小型車が、国道をけっこうなスピードで飛ばしてくる。

しかもお洒落《しゃれ》で小粋な感じの外車、真っ赤なミニクーパーだ。

「あれか？」と壮馬。

「まさか、おばあちゃんだよ？」と守。

だが通り過ぎていくばかりと思っていたミニクーパーが、グイッとカーブして駐車場に入ってきたので、守は「あれっ？」と思った。

ミニクーパーは守たちの正面、少し離れた一番外側の駐車スペースに停車した。

ガチャッと運転席のドアが開く。

まず見えたのは、ほっそりとした足首——。

ミニクーパーから降りてきたのは、長い髪を後ろで軽く束ねた、すらっとした女性だった。遠目にも決しておばあちゃんではないとわかる。それどころか、けっこう若くて色白で、凜《りん》とした雰囲気の美人だった。

やっぱり違う人だ……。守がそう思ったときだ。

店の前に並んでいる七人をサッと見回した彼女が、守を見て言った。

「あなたが守くんね？」

「へっ？」

「はじめまして。『玉すだれ』です」

「ええええええええっ⁉」

心底驚いた守の声が、駐車場に響き渡る。

「どこがばあさんだよ⁉」

突然の美女の登場に、壮馬が食ってかかった。

だ、だって、あのチャットの常連だから、てっきり……と、焦る守。

マレットはあたふたする二人を笑っていたが、ミニクーパーの後部座席から降りてきた二人を見て、ハッとなった。

「マレット……？」

「マレット！」

我が子に気づいた両親に名前を呼ばれたマレットは、タイ語で「お父さん……」と小さくつぶやいた。

会いたかったよ……！

一ヶ月もの間、ずっとこらえていた想いが一気にあふれだす。

「お母さ～ん‼」

マレットは泣きながら走りだした。

走ってきたお母さんに抱きしめられて――。

ギュッと抱き返して、頬ずりして、泣きじゃくって、微笑んで――。

お父さんが、そんな二人を優しく抱きしめて……。

「よかったね」

香織にささやかれて、綾は「うん……」と答えながらそっと涙をぬぐった。

マレットの笑顔も七日間の戦いで勝ちとった成果だ。みんな、仲間だから……。

と、ゆっくりと歩いてきた玉すだれさんが、サバサバとした口調で守に言った。

「それで？　どうだった？　冒険は……」

「あ、はい。楽しかったです」

「告白はしたの？」

「！」

守だけでなく、隣にいた綾も気まずそうに目線を落とす。

でも、後悔はしてない――。

「しました」

顔を上げてそう答えた守を、「ふーむ」と見つめていた玉すだれさんが、察したようにフフッと微笑む。

「よいよい。大事なのは結果じゃなくてチャレンジすることよ」

「はい……」

守はうなずいた。まだ胸の奥がキュッと痛むけど、心は晴れ渡っている……。

じっと考えていた綾が、守を見つめて言った。

「守くん……私、引っ越してからも、守くんにもらった勇気、忘れない」

驚いている守を真っ直ぐ見つめて、綾が微笑んだ。

「今度はお父さんとも、逃げずにちゃんと話せると思う」

千代野さん……。

「ありがとう」

そう言って綾が差し出した手を、守はしっかりと握り返した。

美しいハッピーエンドを、にこやかに見守る仲間たち……。

と、言いたいところだが壮馬が急に顔をしかめた。

「でも、このあと大変だぜ？　親とか学校とか警察とか」

握手したまま、守と綾が頬を引きつらせる。

紗希は、不安そうに博人を見やった。

「退学とか……？」

「ひっ⁉」と悲鳴を上げる博人。

今さら、戦後処理でジタバタしだした『後輩たち』を見て、玉すだれさんが言った。

「まー、大丈夫じゃない？　人生なんとかなるもんよ」

「こっ、根拠はあるんですか⁉」

必死の形相で聞く博人に、玉すだれさんはフッと笑ってみせた。

「あるよ」

言いながら髪をかき上げると、薬指の指輪が、いつの間にか顔を出していた朝陽を反射して、キラッと輝く。

「実・体・験♪」

サラッととんでもないことを言って、玉すだれさんはすまし顔だ。

「え〜なんすかソレ？」と壮馬。

「フフ、秘密♪」

「えーっ？？？」

守たちには、わけがわからなかった。

だが、確かに玉すだれさん——菊地《きくち》ひとみは、紛れもなく彼らの『先輩』だ。

車の助手席にある手帳に大事にはさんである写真を見たら、きっと守たちも納得しただろう。

・

本物の戦車の上で、今みたいに腰に手をあてて胸を張り、不敵に微笑んでいる中学生のひとみと、その仲間たちの勇姿を見たら——。

でも、守たちがそのことを知るのは、もう少し後のこと。別の話だ。

強い日の光が地平から差しこんで、深く青い空に真っ白な雲が流れていく。

今日も暑くなりそうだ。

台風一過の気持ちよく晴れた夏の朝——。

「じゃあ、元気でね」

「連絡ちょうだいよ？」

紗希と綾から交互に話しかけられ、マレットは元気よく「うん」とうなずいた。

両親も玉すだれさんもミニクーパーに乗りこんで、マレットを待っている。

別れの時が迫っていた。

「ホントにありがとう……」

マレットの笑顔には、これまでときおり垣間見《かいまみ》えた寂しさや尖《とが》った気配が、すっかり消え失《う》せている。素直な笑顔で、綾と香織、紗希に博人、そして壮馬……と、仲間たちを見回すマレット。

「みんなのこと、絶対忘れない……」

マレットはそう言うと正面に向き直り、だまって守を見上げた。

「……元気でね」

守が言っても、マレットはうっすら笑みを浮かべただけだった。

「じゃ！」

それだけ言うとパッと踵《きびす》を返し、走りだす。

「さよなら〜！」

「またな〜！」

みんなの声を背に走り出したマレットは、ミニクーパーの横でピタッと止まった。すぐに車には乗らず、タイ語でお母さんとなにか話している。

なんだよマレットのやつ、これでお別れだってのに素っ気ないな……。

ほんとにまた会えるのかな。玉すだれさんは「なんとかなる」って言ってたけど、日常に戻るのも、けっこう大変そうだし……。

そんなことをぼんやり考えていた守は、「あ！」と大声を上げた。

「工場に宿題忘れてきちゃった！」

「おまえ、宿題なんて持ってきてたのかよ」

壮馬が、珍獣でも見るかのような目で、まじまじと守を見つめた。

「策士だろ？」と博人。

「いい案ないの？」と紗希。

「う〜ん……」

守が腕組みして考えこんでいると、香織が声を上げた。

「マレット？」

「えっ!?」

走ってきたマレットが、勢いよく守に飛びついて襟元をつかむ——。

驚く守の頬に、マレットの唇がそっと触れて——。

えっ？　これ……なに？　マレット、今……？　キス……した？

「キャーッ！」

女子たちの叫び声が響く中、スッと離れて走り去っていくマレット。

「なっ!?　おいっ……なんのつもりだよ、マレット!!」

真っ赤になって守が声を上げると、立ち止まったマレットが、パッとふり返った。

いつもと雰囲気がちがう……。

きっと、ぼさぼさだった髪を花びらのデザインの可愛い髪留めでまとめ、おでこを出しているせいだろう。さっきお母さんと話してたのは、そのためで……。

「えっ……!?」

って、可愛い……？　髪留め……？　ま、まさか、マレットって……!?

しばらく固まっていた守が、目をまん丸にして、よろっと一歩前に出る。

「……女、の子？」

「今さらなに言ってんだ？」

いつもの調子で、壮馬が言った。

「気づいてなかったの？」

呆《あき》れているのは香織だけではなかった、他のみんなもため息をつく。

驚いたのは守だけ……。

「うそぉぉぉぉぉぉぉ!?」

じゃあ、今の……ほんとに……僕に……えっ!?　ええ～っ!?

びっくりしすぎてのけぞって、危うく踏みとどまる――。

そんな守を、頬をほんのり上気させてにらむと、マレットは照れ隠しに大声で別れの言葉を叫んで、力いっぱいアカンベーをしてみせた。

「またなっ！」

エピローグ

守くんへ――

お元気ですか？　綾です！

メールでもチャットでもなく、手紙を送るなんて……と驚きましたか？

香織との電話でよく話すのだけれど、あのときネットでひどい目にあったので、大事な仲間への連絡は手紙のほうがいいかな～と思って。

あまり書き慣れてないけれど、手紙にしてみました。

夏休みが終わって、新学期が始まりましたね。

昨日から、わたしも東京の高校に通い始めました。

こちらは里宮町とちがい、九月になってもとんでもなく蒸し暑くて、びっくりしましたが、元気にやっています。

うちのお父さんは、相変わらず「困った人」ですけどね。

今朝も、「学校まで車に乗っていけ」って頭ごなしに言ってきて。

「学校くらい自分で行けます」って、言ってやりました。

秘書の麻川さんにも「子離れの時期じゃないですかねえ」なんて言われて、お父さん焦ってて……。

だから、「いってきます!」って素直に言ってあげました。

あの戦いのこと、「本当になんとかなっちゃったよ!」って香織から教えてもらいました。ほっとしています。

ああ、守くんの「宿題奪回作戦」の話を聞きましたよ。大笑いしました。

それに、壮馬くんと博人くんが「バッセン」で会った、中学時代の同級生を、「合法的」にやりこめた話とか……。紗希ちゃんが東京に遊びに来るために始めたバイトでの信じられないような大失敗とか……。

いいなあ……。

みんなに会いたいなあ……。

でも、大丈夫！
この青空は里宮町につながってる——。
そう思って空を見上げると、元気がわいてくるから……！

いけない！　そろそろ本題に入りますね。
もちろん、玉すだれさんからのお誘いの件です。
そう。「冬休みにみんなでマレットに会いに行く」って話——。
守くんのことだから、もうとっくに面白い計画を思いついてるんでしょう？
今から、とっても楽しみです！

それじゃ、また近いうちに！

千代野　綾

あとがきにかえて

二〇一七年の春ごろ、『ぼくらの七日間戦争』のアニメーション映画化についての話を、担当編集さんから初めて聞きました。

原作の小説が刊行されたのが、一九八五年。宮沢《みやざわ》りえさんが女優デビュー、初主演作として注目を集めた実写映画は一九八八年に公開されました。それから約三十年ぶりに、映像化されることに期待がふくらみました。

映画制作側から、原作小説のままではなく、現代の高校生が新たな七日間戦争を繰り広げる映画をつくりたいという提案がありました。ぼくは原作小説と世界観が同じで、こどもたちが希望をもてる話、痛快な話にしてほしいとお願いをしました。

そして、多くの人が数多くの打ち合わせや議論を行い、映画の脚本を作り上げてくれたのだと思います。できあがった脚本を読ませてもらい、ぼくの『ぼくらの七日間戦争』がこんなふうに変身したことに、驚くとともに感動しました。面白かった。とくに石炭廃工場での死闘は圧巻でした。

あの場面が完成したアニメーションでどんなふうに描かれるのか楽しみです。早く見たい。きっと息もつかせぬものになるだろうと予感しています。

最後に、原作を大事にしながら新しい物語を生みだしてくれた脚本家の大河内一楼《おおこうちいちろう》さん。魅力的な映画のキャラクター原案を描き、素敵な表紙絵を描いてくれたけーしんさん。脚本を熱心にノベライズしてくれた伊豆平成《いずのひらなり》さん。映画制作の最初から最後までの長い期間、全身全霊をかけて最善を尽くしてくれた村野佑太《むらのゆうた》監督。そして、映画制作にたずさわっていただいた全てのスタッフの皆様と、ご協力いただいた皆様、小説を読み、映画を観てくれた皆様に心よりお礼と感謝を申しあげます。

二〇一九年九月

宗田《そうだ》　理《おさむ》

本書は書き下ろしです。

劇《げき》場《じょう》版《ばん》アニメ　ぼくらの7日《か》間《かん》戦《せん》争《そう》

宗田《そうだ》 理《おさむ》＝原作　伊豆平成《いずのひらなり》＝著

令和元年 10月25日　初版発行

発行者●郡司 聡

発行●株式会社KADOKAWA
〒102-8177　東京都千代田区富士見2-13-3
電話　0570-002-301（ナビダイヤル）

角川文庫 21846

印刷所●旭印刷株式会社
製本所●株式会社ビルディング・ブックセンター

表紙画●和田三造

ISBN 978-4-04-108556-1　C0193

◇◇◇

角川文庫発刊に際して

角川源義

第二次世界大戦の敗北は、軍事力の敗北であった以上に、私たちの若い文化力の敗退であった。私たちの文化が戦争に対して如何に無力であり、単なるあだ花に過ぎなかったかを、私たちは身を以て体験し痛感した。西洋近代文化の摂取にとって、明治以後八十年の歳月は決して短かすぎたとは言えない。にもかかわらず、近代文化の伝統を確立し、自由な批判と柔軟な良識に富む文化層として自らを形成することに私たちは失敗して来た。そしてこれは、各層への文化の普及滲透を任務とする出版人の責任でもあった。

一九四五年以来、私たちは再び振出しに戻り、第一歩から踏み出すことを余儀なくされた。これは大きな不幸ではあるが、反面、これまでの混沌・未熟・歪曲の中にあった我が国の文化に秩序と確たる基礎を齎らすためには絶好の機会でもある。角川書店は、このような祖国の文化的危機にあたり、微力をも顧みず再建の礎石たるべき抱負と決意とをもって出発したが、ここに創立以来の念願を果すべく角川文庫を発刊する。これまで刊行されたあらゆる全集叢書文庫類の長所と短所とを検討し、古今東西の不朽の典籍を、良心的編集のもとに、廉価に、そして書架にふさわしい美本として、多くのひとびとに提供しようとする。しかし私たちは徒らに百科全書的な知識のジレッタントを作ることを目的とせず、あくまで祖国の文化に秩序と再建への道を示し、この文庫を角川書店の栄ある事業として、今後永久に継続発展せしめ、学芸と教養との殿堂として大成せんことを期したい。多くの読書子の愛情ある忠言と支持とによって、この希望と抱負とを完遂せしめられんことを願う。

一九四九年五月三日

角川文庫ベストセラー

ぼくらの七日間戦争
宗田　理

1年2組の男子生徒が全員、姿を消した。河川敷にある工場跡に立てこもり、体面ばかりを気にする教師や親、大人たちへ〝叛乱〟を起こす！　何世代にもわたり読み継がれてきた不朽のシリーズ最高傑作。

ぼくらの天使ゲーム
宗田　理

夏休みに七日間戦争を戦った東中1年2組。メンバーはまだまだくすぶってはいられない。東中一の美少女が学校の屋上から落ちて死んでいるのが見つかった。彼女の死の真相は？　ぼくらの犯人捜しが始まった！

ぼくらの大冒険
宗田　理

転校生の木下がぼくらの仲間に加わった。UFOが呼べるという彼と河川敷でまちあわせると、宇野と安永が消えた⁉　失踪事件の背後には謎の宗教団体や埋蔵金伝説が――⁉　インチキな大人たちに鉄槌を！

小説　君の名は。
新海　誠

山深い町の女子高校生・三葉が夢で見た、東京の男子高校生・瀧。2人の隔たりとつながりから生まれる「距離」のドラマを描く新海誠的ボーイミーツガール。新海監督みずから執筆した、映画原作小説。

小説　ほしのこえ
原作／新海　誠
著／大場　惑

『君の名は。』の新海誠監督のデビュー作『ほしのこえ』を小説化。中学生のノボルとミカコは、ミカコが国連宇宙軍に抜擢されたため、宇宙と地球に離れ離れに。2人をつなぐのは携帯電話のメールだけで……。

角川文庫ベストセラー

小説　星を追う子ども

原作／新海　誠
著／あきさかあさひ

少女アスナは、地下世界アガルタから来た少年シュンに出会うが、彼は姿を消す。アスナは伝説の地アガルタを目指すが――。『君の名は。』新海誠監督の劇場アニメ『星を追う子ども』（2011年）を小説化。

鹿の王　1

上橋菜穂子

故郷を守るため死兵となった戦士団〈独角〉。その頭だったヴァンはある夜、囚われていた岩塩鉱で不気味な犬たちに襲われる。襲撃から生き延びた幼い少女と共に逃亡するヴァンだが!?

鹿の王　2

上橋菜穂子

滅亡した王国の末裔である医術師ホッサルは謎の病を治すべく奔走していた。征服民だけが罹ると噂される病の治療法が見つからず焦りが募る中、同じ病に罹りながらも生き残った囚人の男がいることを知り!?

鹿の王　3

上橋菜穂子

攫われたユナを追い、火馬の民の族長・オーファンのもとに辿り着いたヴァン。オーファンは移住民に奪われた故郷を取り戻すという妄執に囚われていた。一方、岩塩鉱で生き残った男を追うホッサルは……!?

鹿の王　4

上橋菜穂子

ついに生き残った男――ヴァンと対面したホッサルは、病のある秘密に気づく。一方、火馬の民のオーファンは故郷を取り戻すために最後の勝負を仕掛けていた。生命を巡る壮大な冒険小説、完結！

角川文庫ベストセラー

きみが見つける物語
十代のための新名作　スクール編

編／角川文庫編集部

小説には、毎日を輝かせる鍵がある。読者と選んだ好評アンソロジーシリーズ。スクール編には、あさのあつこ、恩田陸、加納朋子、北村薫、豊島ミホ、はやみねかおる、村上春樹の短編を収録。

きみが見つける物語
十代のための新名作　運命の出会い編

編／角川文庫編集部

部活、恋愛、友達、宝物、出逢いと別れ……少年少女小説の名手たちが綴った短編青春小説6編を集めた、極上のアンソロジー。あさのあつこ、魚住直子、角田光代、笹生陽子、森絵都、椰月美智子の作品を収録。

きみが見つける物語
十代のための新名作　休日編

編／角川文庫編集部

とびっきりの解放感で校門を飛び出す。この瞬間は嫌なこともすべて忘れて……読者と選んだ好評アンソロジーシリーズ。休日編には角田光代、恒川光太郎、万城目学、森絵都、米澤穂信の傑作短編を収録。

きみが見つける物語
十代のための新名作　友情編

編／角川文庫編集部

ちょっとしたきっかけで近づいたり、大嫌いになったり。友達、親友、ライバル——。読者と選んだ好評アンソロジー。友情編には、坂木司、佐藤多佳子、重松清、朱川湊人、よしもとばななの傑作短編を収録。

きみが見つける物語
十代のための新名作　放課後編

編／角川文庫編集部

学校から一歩足を踏み出せば、そこには日常のささやかな謎や冒険が待ち受けている——。読者と選んだ好評アンソロジーシリーズ。放課後編には、浅田次郎、石田衣良、橋本紡、星新一、宮部みゆきの短編を収録。